Ronso Kaigai
MYSTERY
256

怪力男デクノボーの秘密

Frank Gruber

The Mighty Blockhead

フランク・グルーバー

熊井ひろ美［訳］

論創社

The Mighty Blockhead
1942
by Frank Gruber

目次

主要登場人物

ジョニー・フレッチャー……書籍セールスマン
サム・クラッグ……ジョニーの相棒
ケン・バリンジャー……漫画家
ジル・セイヤー……漫画家
トマス（トム、トミー）・ジョンスン……ジルのいとこ
マット・ボイス……ボイス出版社の社長
ルル・ボイス……マットの妻
ダン・マーフィー……ルルの浮気相手
ハリー・ヘイル……ボイス出版社の編集者
ネッド・レスター……ガソリンスタンド兼ロードハウス〈赤い風車〉の主人
マディガン……ニューヨーク市警の警部補
ジェファースン・トッド……私立探偵
モート・マリ……出版社の社長
ピーボディ……〈四十五丁目ホテル〉の支配人
エディー・ミラー……〈四十五丁目ホテル〉のベルボーイ

怪力男デクノボーの秘密

第一章

ジョニー・フレッチャーは鍵を持っていたが、それを鍵穴に差し込む必要はなかった。ドアがわずかに開いていたからだ。ドアを押し開けると、肩越しに後ろへ向かってこう言った。

「この安宿は、どんどん質が落ちてるな。メイドはもう、掃除のあと部屋の鍵をかけてもくれないんだぜ」

サム・クラッグは不満そうにうなりながら、ジョニー・フレッチャーに続いて部屋に入った。

「あんたがもっと働いてくれたら、こんなホテルに泊まらなくて済むのに」上着を脱ぐと、ツインベッドの片方へ放り投げて、肘掛け椅子にどさっと座り込む。二百ポンドの体重に、椅子がキーッと悲鳴をあげた。「それでも今回は、いつもよりはましな状況でニューヨークへ着いたんだよな。おれたち二人で合計八ドルも持ってるし、本もどっさりあるし——」

「おまけに、トランクまである！」ジョニーは、部屋の隅に置いてある鋲打ちの黒いトランクを顎で指し示した。そして、にやりと笑った。

「あれは、われながら冴えた思いつきだったな、サム。本の入った箱を二つ持ってホテルにチェックインすると、ホテル側はそれを荷物とはみなさないから、部屋代を前金で要求してくる。でも、同じ本をトランクに入れてしまえば、ホテル側は愛想よく笑顔で出迎えてくれる。トランクを持ってるやつは資産家だからな。しかもこのトランク、中古でたったの六ドルだったんだぜ」

「トランクがあろうとなかろうと」サム・クラッグは言った。「もしピーボディが今日非番じゃなかったら、金を払わずにこの部屋を使わせてはくれなかっただろうな」

ジョニー・フレッチャーはくすくす笑った。「少しばかり稼いどいたほうがいいかもな。おれたちが支払うことができれば、あいつはさぞかしがっかりするだろうよ。何冊か本を取り出して、タイムズ・スクエアあたりをちょっと見回ろうじゃないか」

サム・クラッグは立ち上がり、トランクに近づいた。そして蓋を持ち上げたとたん、恐怖の悲鳴をあげた。

「ジョニー、こいつは大変だ!」

サムはトランクの蓋から手を離し、蓋はバタンと音を立てて閉まった。

ジョニー・フレッチャーはすぐにサム・クラッグのほうへ足を踏み出したが、親友の顔がショックでゆがんでいることの意味に気づき、立ち止まった。

「なにが――なにがトランクに入ってるんだ?」

「死人だよ!」

「なんだと?」

ジョニーはサムの横に手を伸ばすと、トランクの蓋をつかんでぐいっと開けた。蓋をつかんだままトランクの中を見下ろしたとき、細身の体からすべての力が抜けていくような気がした。

サム・クラッグが肘で突いてきて、ジョニーはサムの体が震えているのを感じ取った。

「ほらな?」

ジョニーはゆっくりと、トランクの蓋を下ろした。そしてサムのほうを振り向き、鼻の穴を膨らませた。

「本はどうなったんだ?」

「えっ? なんだって?」

「本がトランクに入ってない。どこにある?」ジョニーはその質問に自分で答えを出そうとして、床に倒れ込んでベッドと安っぽい鏡付きだんす(シフォニア)の下をすばやく調べた。次に立ち上がり、クローゼットに向かって大股で歩いた。

クローゼットの中を見た彼は、低く口笛を吹いた。そしてくるりと向きを変えると、驚いた顔でサムを見た。

「クローゼットの中の服は、おれたちのものじゃない。それにトランクも」ジョニーはトランクをひと目で観察した。「おれたちのじゃない!」

サム・クラッグはドスドスと駆け寄ってきた。「なんてこった! ほんとだ!」

「もちろんだとも。おれたちのと同じ大きさで同じ型だが、こっちのほうが新しい。もっと早く気づくべきだったんだが……」ジョニーははっとしたように息を吸い込むと、ドアに突進した。そしてドアをぐいっと開けて、すぐに閉めてから、サムのそばに戻った。

ジョニーの顔に驚愕の表情が広がっていた。「部屋が違うぞ、サム!」

「えっ! なんでそんなことに?」

「ここは七二一号室だ。おれたちの部屋は、八二一号室だ。いやはや、部屋の造りは同じなんだ。エレベーター係が間違えておれたちを七階に降ろして、おれたちも気づかなかった。ドアが開いてたから、鍵を使う必要がなかった。それに、おれもおまえも部屋番号を――」

「なにぐずぐずしてるんだよ？」サム・クラッグが叫んだ。「早く出よう！」

だが、ジョニー・フレッチャーは先にドアの前に着いたあと、サムを押しとどめて、耳を澄ませた。廊下から物音がなにも聞こえなかったので、ジョニーは慎重にドアを開けた。そして頭を外に突き出してから、部屋を出た。

サムは静かにドアを閉めて、ジョニーのあとを追った。階段はエレベーターの横にあり、七二一号室から二十フィートほど離れている。ジョニーがそこにたどり着き、絨毯敷きの階段の一段目に足を載せようとしたとき、七階のどこかでドアがバタンと閉まる音がした。彼はびくっとなってサムを急かそうとしたが、その必要はなかった。サムは、あっという間に彼を追い越し、二段抜かしで階段を上っていった。

十秒後には二人とも八階にたどり着き、ジョニーが八二一号室のドアを鍵で開けた。彼の視線はすぐさま部屋の隅の黒いトランクに向けられ、それを確認したときには少し気が楽になった。だがまだ満足したわけではなく、トランクの蓋を持ち上げ、そこに本が詰まっているのを見たとき、ようやくすっかり満足した。

サムは、ジョニーの肩越しにのぞき込み、ほっとしたように身震いした。「うわあ、間一髪だったな！」

「間一髪だったか、サム？」

「ああ、そうとも。もしあの死体がおれたちの部屋のおれたちのトランクに入ってたらどうなったか、想像してみなよ。どうすりゃよかったんだ？」

「さあな。トランクに死人が入ってるのを見たことなんて初めてだったから。しかも、誰かに殺された死人だ」

「殺された？　そんな……なんで殺されたってわかるんだ？」サムの顔色が少し悪くなった。

「頭の左側がぼこぼこに殴られてたぞ」

サムはうめいた。「やめてくれ、ジョニー！　考えるだけでもぞっとする。ちぇっ、いますぐ酒が飲めたらなあ！」

ジョニーの顔がぱっと明るくなった。「それだよそれ！　早く行こうぜ、なにぐずぐずしてるんだ？」


二人は部屋を出て、ジョニーがドアの鍵をかけたあと、エレベーターの下りボタンを押した。エレベーターはすぐに到着し、扉が開くと、ジョニーは用心しながらサムをそっと突いた。

エレベーターがロビーの階まで下りる間、ジョニーは「白銀の糸」のメロディーを何小節か口笛で吹いた。そしてエレベーターを降りてロビーに出るとき、エレベーター係にウィンクをした。「名曲だよな！」

ジョニーとサムはフロントのほうを見ることなく、ホテルをあとにした。歩道に出てから左へ曲がり、七番街に向かった。半ブロックほど歩くと、〈ディンキー・マグワイアズ・プレッツェル・パーラー〉に着いた。

二人は中に入った。床におがくずが撒かれていて、長いバーカウンターが細長い店内の端から端まで伸びている。バーカウンターの前には午後の客がぎっしりと並んでいた。店内の中ほどでは、顔色の悪い青年が煙草をくわえたまま小型ピアノを叩いていた。下品な赤ら顔の金髪女が、倒れそうな小型ピアノを支えながら、なにやら悲しげに歌っていた。

「この子豚ちゃんは市場へ行きました……（マザーグースの童謡の一節）」

ジョニーはバーカウンターに並ぶ客の間に小さな隙間を見つけ、そこに攻め込んだ。戦線の突出部を広げるのにてこずっていると、サム・クラッグが筋骨たくましい体で隙間に割り込み、ぐいっと一、二度押しただけで、自分とジョニーの二人分のスペースが空いた。

「ビール二つ」ジョニーがバーテンダーに言った。

「ビール?」サムが顔をしかめた。「まともな酒を飲みに来たのかと思ったのに」

「こないだビールより強い酒をおまえが飲んだときどうなったか、知ってるだろう。なんだって?」

最後のひと言は、左側にいる男の客に向けたもので、その男は自分の酒量を四杯ほどオーバーしていた。男はオールド・ファッションド（ウイスキーで作るカクテルの一種）が注がれたグラスを振り回し、中身が少し手にこぼれた。「小突くんじゃねえよって言ったんだ。小突き回されるのはごめんなんだよ、いいな?」

サム・クラッグがジョニーの後ろから、愛想よく微笑みかけた。「誰もあんたのことを小突き回してなんかいないぜ、相棒」

「そんなわけねえだろ。小突き回されるのは、もう心底うんざりなんだ。次にそんな目に遭わされたら、そいつの面（つら）をひっぱたいてやる。いいな?」

酔っ払いの向こう側にいる男が、酔っ払いの肘を引っ張った。「やめろよ、ケン、誰も小突いてなんかいないだろ」

ケンは肘を引っ張る手を払いのけて、ジョニー・フレッチャーに殴りかかったが、その拳は一フィートほど目標を外れて、サム・クラッグの肩をかすめた。サムは、ケンの手首をつかんで下ろさせた。

酔っ払いは、反対側の手で殴ろうとした。サムはひょいと頭を回してよけてから、そちらの手首もとらえた。そして、両手首を一緒に片手でつかんだ。

「行儀の悪い坊主だな」サムがたしなめた。

「放せよ」ケンがわめいた。「放さねえと、ぶちのめしてやるぞ」

「ぶちのめしてくれよ」サムは楽しげに促した。そして無造作にバーカウンターにもたれかかったが、その間も、じたばたする酔っ払いの両手首を片手でつかんだままだった。

このころにはもみ合いがバーカウンターにいるほぼ全員の注目を集めていて、みんなが周囲にぎっしり群がっていたので、酒場の用心棒はその中を通り抜けるのに苦労していた。だが、ようやく輪の中心にたどり着いた。

「おい」用心棒が叫んだ。「やめないか」

酔っ払いの例の友人はあちこち飛び跳ねて、サム・クラッグに近づいてケンを救い出そうとしたが、ジョニー・フレッチャーがそれをうまく妨げた。次にジョニーが横へ一歩踏み出して用心棒と向かい合うと、用心棒は右手を背中に隠していた。経験豊富なジョニーの目には、そこにブラックジャック（革製の棍棒）かメリケンサックが隠されているのがわかった。

「先に手を出したのは、おれたちじゃない」ジョニーは言った。「でも、もしあんたが口出ししたら、誰かが痛い目に遭うぞ」

「ああ、そうとも」用心棒が言った。「おまえがな！」そして隠していた手を出した。その拳にはメリケンサックがはめられていた。

サム・クラッグが酔っ払いのケンを突き飛ばして用心棒にぶつけたので、用心棒は仰向けにひっくり返り、その上に酔っ払いが倒れかかった。サムは身をかがめると、用心棒の手をつかんでメリケンサックを奪い取った。それから用心棒を立ち上がらせて、平手打ちを食らわせた。用心棒の頭がぐらりと揺れて、膝ががくりと折れた。サムが手を離すと、用心棒は倒れ込んだ。

「うわあ！」酔っ払いの友人が言った。「〃怪力男デクノボー〃だ」

「おれのことをなんて呼んだ？」サムが嚙みつくように言い返した。

「デクノボー——」

「デクノボーだと！　こいつと同じような目に遭いたいんだな？」

男は後ずさりした。「違う、違う。侮辱するつもりで言ったわけじゃないんだ。あの——ほら、〃デクノボー〃だよ、有名な漫画に出てくるだろう？　実は——その漫画が載ってる雑誌で働いているもんでね」

「へえ」サムが言った。

ジョニーがサムを肘で小突いた。「そろそろ逃げたほうがよさそうだぞ。バーテンダーが警察に電話した。さあ、諸君、どいたどいた、お楽しみは終わりだよ」

人混みがさっと二つに分かれて通り道ができ、ジョニーとサムは店の出口にたどり着いた。二人はぎりぎりで間に合った。というのも、外に出るとすぐ、制服警官が近くの角から現れて、〈ディンキー・マグワイアズ・プレッツェル・パーラー〉に向かって突進してきたからだ。

ジョニーとサムは早足で歩いて〈四十五丁目ホテル〉に到着した。二人はエレベーターに乗り込むと、今度は間違いなく八階で降りた。

部屋に入ってから、ジョニーが不機嫌そうに言った。「せっかくのビールを飲み損ねたな」

「だから、この通りから離れたほうがいいって言ったんだ」サムがぶつぶつ言った。「もうなにもできなくなっちまった。こんなホテル……」

ジョニーはうなずき、いらだたしげに顔にしわを寄せた。「いつでも離れるつもりさ。あとは金さえあればいいいんだ」

「だからそう言ったんだよ。一度でも売り込みがうまくいけば、金は手に入るんだから。じゃあ、ジョニー、話が出たところで早速」サムはいそいそと大きなトランクに近づいた。彼がトランクの蓋に両手を置いたとき、ジョニーがそっけなく声をかけた。「もし、その中に死体が入ってたら、傑作だよな」

「傑作ねえ」サムが言った。「おれにはそうとは――」そして蓋を持ち上げた。彼のしゃがれた叫び声を聞いたジョニーはくるりと振り向き、そばへ飛んできた。トランクの中をひと目見たとたん、今度はドアへ飛んでいった。ドアをぐいっと開けると、そこに付いた部屋番号をじっと見てから戻ってきた。

「おれたちの部屋だぞ！」

第二章

サムは、すでにトランクの蓋から手を離していた。そして、閉じたトランクからよろめきながら遠ざかった。「そんなわけないよ、ジョニー」

「だが、そうなんだ。それに、今度はトランクもおれたちのやつだ。でも、いったい……」ジョニーはクローゼットに向かって大股で歩くと、扉を開けた。床の上に、本が山積みになっていた。

ジョニーがそれをじっと見ているところへサムがやってきて、ジョニーの真後ろでしゃがれ声を漏らした。「うひゃあ、本をトランクから出しやがったんだな、それで――」

「おれたちは酔っ払ってるんだよ、サム」ジョニーがゆっくりと言った。

「でも、なにも飲まなかったじゃないか！」

「じゃあ、頭がいかれてるんだな。こうなるはずがないんだ。こいつは三十分前に七二一号室にいたのと同じ死体だぞ。いったいどうやって、このおれたちの部屋まで上がってきたっていうんだ？」

サムは自分の広い額を手で押さえた。「もうおしまいだよ、ジョニー。おまわりが来る！」

「おまわりね。ああ、おまわりか」ジョニー・フレッチャーはぞくっと身震いした。「よし、そいつをここから出そう」

「そいつ？」

「死体だよ。おれたちのトランクに入れとくわけにはいかないだろう？　おまわりはもう、こっちへ向かってるかもしれないんだぞ。こいつを片付けないとまずい！」

「どうやって？　どこに捨てるんだ？」

「それはわからんが……」ジョニー・フレッチャーは、中庭に面する窓にすばやく目をやった。その様子を見て、サム・クラッグは顔をしかめた。

「だめだよ、ジョニー」

「ああ、だめだろうな。とはいえ、窓のブラインドは下ろしといたほうがいいぞ」

サムは言われた通りにした。窓から振り返ったとき、ジョニーがまたトランクの蓋を開けようとしていた。サムは、ジョニーに呼びかけられるまで窓のそばから動かなかった。

「まったくくそくらえだな、サム。おいおい、おれたちの部屋に死体を預けてもらっちゃ困る。戻しに行こう」

「戻しにって――七二一号室にか？」

「その通り」

サムは絶叫した。「ジョニー、無理だって！」

「ここで待ってろ。おれが調べてくる。部屋を出るんじゃないぞ」

サムは身震いすると、駆け寄ってきた。「おれも行くよ」

「だめだ！」ジョニーがきつい口調で言った。「ドアのそばに立って、肩をドアにつけてろよ。用心のためだ」サムがさらに抗議する間もなく、ジョニーはドアを開けて外に出た。

廊下には誰もいなかった。ジョニーはさりげない様子でエレベーターまで歩き、周囲を見回してから、階段に向かって走った。そして、絨毯敷きの階段を一段抜かしで駆け下りた。

七階の廊下もがらんとしていた。ジョニーは注意深く目を細めて、七二一号室の前まで歩いた。歩きながらドアに手を伸ばそうとしたが、そこで立ち止まった。ドアがわずかに開いている。サムと一緒にこの部屋をあわてて飛び出したとき、ドアはきちんと閉めたはずなのに。

だが、当然ながら、あのあと誰かが中に入り——そしてまた出ていったということだ。

彼はドアにさらに一歩近づいた。部屋の中で、誰かが小さく鼻歌を歌っている。ジョニーは耳を澄ませた。間違いなく女の鼻歌だ。

ジョニーは手を上げて、ドアを軽く叩いた。鼻歌が止まり、女の声がした。

「どなた?」

ジョニーはむにゃむにゃと不明瞭な言葉を口にした。室内の女が近づいてきて、ドアを開けた。

ジョニーは驚いたふりをする必要がなかった。目の前にいる若い娘は、有名モデル事務所〈パワーズ〉に所属していてもおかしくない美女だったのだ。背が高くてほっそりとして、肌は雪のように白く、ジョニーがいままで見た中で一番見事なブロンドの持ち主だった。

彼は目をぱちくりさせた。「えーと、ここはミスター・クラッグの部屋では?」

娘は微笑み、首を横に振った。「まさか。それに、そういう手口はもう古いのよ。さっさと帰って!」

「まさかと思うかもしれないがね」ジョニーはにやりとした。「おれの友達のクラッグが今朝、この部屋に泊まってたんだ。八二一号室に」

「ここは七二一号室なんだから、おとなしく帰って。それとも、警備員を呼んでほしいの?」

「わかった」ジョニーは降参した。「でも、男なんてみんなこんなもんだろう?」

ブロンド美女は、手で払いのけるような仕草をした。「わたしは職業婦人で、男の知り合いは大勢いるから、これ以上要らないの」

「大当たりだ！　おれの名前もジョンなんだよ。友達はジョニーって呼んでる。ジョニー・フレッチャーだ。きみは？」

「ジル。ああ、もう！　帰ってって言ったでしょ」娘はジョニーの鼻先でドアをぴしゃりと閉めた。室内で差し錠をかける音がした。彼は黙ってうなずき、そしてくるりと後ろを向くと、階段へ戻った。

ジョニーは八二一号室のドアの前に近づいた。

「もういいぞ、サム」

サムはドアを少しだけ開けて、外をのぞいてから、ドアを大きく開いた。ジョニーは中に入らず、「あれを持ってこい」と言った。

サムは、まるでジョニーに殴られたかのようにびくっと顔を引っ込めた。「えっ？」

「早く、ぐずぐずしてる時間なんかないぞ」

サムの姿が部屋の中に消えた。だがすぐに、室内から彼が深呼吸する音が聞こえたので、ジョニーはドアを押し開けた。それから黙ったまま一歩下がり、廊下をもう一度すばやく見回した。そしてうなずいた。

ジョニーに続いて外に出てきたサムは、例のおぞましい物体を抱えていた。ジョニーは階段へと向かったが、階段を下りる代わりに、今度は上り始めた。サムがそのあとに続いた。階段を上りきると、ジョニーはサムをその場で待たせて、偵察に行った。廊下を急ぎ足で歩き、リネン室のドアをぐいっと開けた。九二一号室の隣だ。

ジョニーがサムに身振りで合図すると、サムはリネン室に入り、かがんで死体を置いた。ジョニーはドアをさっと閉めた。

「オーケー」

二人は自分たちの部屋へ急いで戻った。サムは内側からドアの鍵をかけたあと、バスルームへ直行して手を洗い、顔の汗を拭った。バスルームから出てみると、ジョニーがトランクの中に本を詰め込んでいた。

「十五歳は年を取った気分だよ、ジョニー」サムが疲れた顔で言った。「それに、おれはこれから一生、二度とトランクの蓋を開けられそうにないや」

「あんな汚い手口を使われたのは初めてだ」ジョニーが言い放った。「犯人をつかまえたら、ただじゃおかない――」

「だめだよ！」サムが叫んだ。「まさか――まさかまた、探偵ごっこをするつもりじゃないだろうな？」

「おれのトランクに死人を突っ込まれたんだぞ。黙ってられるか」

サムはうめいて、近いほうのベッドに身を投げ出した。「あーあ、また始まった。やっぱり、このホテルは縁起が悪いんだ。ここじゃなくて……」

女の悲鳴がホテル中に響き渡った。サムはベッドから飛び起きた。

「おいおい！　何事だ？」

ジョニーが手を振って押しとどめた。「寝てろよ、サム、客室係のメイドが例の物を見つけただけだ。メイドには汚い手口を使っちまったが、もしそいつがちゃんと仕事をしてたら、おれたちがあれを発見することはなかったんだからな――しかも二度も！　さて、おまわりがここに来るまでに、どれくらいかかるかな」

ジョニーは最後の一冊をトランクに入れると、蓋をバタンと閉めた。そのあとは、遠いほうのベッドへ行って、長々と寝そべった。そして、薄汚れた天井をじっと見つめた。

ドアが開いたり閉まったりする音が、廊下から聞こえてきた。擦り切れた敷物の上を急ぐ足音がして、エレベーターの音が途切れることなく続いている。

ジョニーの隣のベッドで、サム・クラッグがぶるぶる震えた。

「やっぱり、ここからずらかるべきだったんじゃないかな、ジョニー。ピーボディがどんなやつか知ってるだろう。この辺で起こったことはなんでも、おれたちのせいにしてきたんだ」

「ああ、ピーボディか」ジョニーが言った。

拳でドアを軽く叩く音がした。ジョニーが大声を出した。

「誰だい？」

「わたしです、エディー・ミラーです」

「入れ！」

ほっそりした体つきで目鼻立ちの鋭い若者が、ベルボーイの垢抜けた制服姿でドアを開けた。「こんにちは、ミスター・フレッチャー、それからサミー・クラッグも！　チェックインなさったと聞いたものですから」

「やあ、エディー」ジョニーが言った。「元気だったか？」

「まああですよ、ミスター・フレッチャー。このあたりは静かなもんでしたし。あなたが戻ってきたら、またにぎやかになるんだろうなと思ってたんですよ」

ジョニーは顔を上げて、ツインベッドの片割れに寝そべるサム・クラッグなる小山の向こう側に目をやった。「そいつは、どう聞いても失礼な冗談だな、エディー」

ベルボーイはにやりとした。「いえいえ、ミスター・フレッチャー。わたしはあなたの味方ですよ。つい十分前に、ミスター・ピーボディがホテル支配人の集会から戻ってきて、あなたがたのお名前が宿泊名簿に書いてあるのを見つけたんです。そのときのわめき声が聞こえたはずですが」

「聞こえたよ。鼠を見つけたばかりの女の声みたいだったな」

「あれは女の声ですよ。えーと、客室係のメイドのガッシーで、あなたの真上の九階にいたんです。リネン室で死体を見つけましてね」

ジョニー・フレッチャーはこう叫んだ。「なんてひどいホテルだ！　いまに客室に死体を隠されるようになるぞ」

「ふーむ」エディー・ミラーが言った。「あり得ますね。いや、ピーボディについてお知らせしとこうと思っただけなんですが」

「どうしてだい、エディー？」

「いえ、どうしてですかね。ただ、その、ほら、あなたとあの人は昔から、あまり仲がよろしくなかったですし」

「そうか、じゃあまたな、エディー。ところで、おれたちの真下の部屋にいるブロンド美人は、なんて名前なのかな。エレベーターで見かけたんだが」

「へえ？　まあ、気になるのも無理はありませんよ、ミスター・フレッチャー。とびきりの美女ですもの。ジル・セイヤーってお名前ですよ。アーティストなんです」

「アーティスト？　そうは見えないがな」

「というより、本当は漫画家と呼ぶべきでしょうね。滑稽な絵を描くお仕事です。でも、あなたにはライバルがいますよ。ボーイフレンドがこのホテルで暮らしているんです。ケン・バリンジャーって名前です。『デクノボー！』の作者ですよ」

「デクノボー！」サム・クラッグが叫んだ。「まったくなんなんだ……？」

エディー・ミラーの顔がぱっと明るくなった。「読みました？　いや、誰だって読んでますよね。最高に面白いもの」

「それで」ジョニー・フレッチャーが尋ねた。「〝デクノボー〟ってのはなんなんだ？　いや、誰なんだと訊くべきか？」

「〝誰〟ですね。おやまあ、ご存じありませんか？　『怪力男デクノボー』ですよ。どの新聞にも載ってる漫画で、テレビ番組や映画にもなってます。それだけが載ってる雑誌もあって、その作者がバリンジャーなんですよ」

「買ってきてくれないかな？」

「いいですとも。たったの十二セントです。下の新聞スタンドで買ってきましょう。部屋代につけときますか？」

「えっ？」

エディー・ミラーはにやりとした。「一応確認しただけですよ。オーケー、ひとっ走り行ってきます」

ベルボーイが部屋から出ていった。サム・クラッグが話を始めようとしたが、ジョニー・フレッチャーは唇に人差し指を当てて、ベッドからさっと降りながらこう言った。「たいしたガキだよ、エディー・ミラーは。たぶんいつか、このホテルのオーナーになれるだろうな」

ジョニーは足音を忍ばせてドアまで歩くと、ぐいと引き開けた。エディー・ミラーが部屋の中に転がり込んできそうになったが、起き上がり、平然と膝のゴミを払った。

「靴紐を結んでいたんですよ」エディーが言った。「ご推薦ありがとうございます、ミスター・フレッチャー」

「いいってことよ、エディー。〈バービゾン＝ウォルドーフ〉の支配人をやってる友人に口を利いてやるから、忘れないようあとで言ってくれ」

「えーっ、またですか？」

ジョニーはドアを閉めると、部屋の中に戻った。「さっき言いかけたように、エディー・ミラーはいつかこのホテルのオーナーになれるだろうが、それより前に、客の誰かに殺されるかもな」

廊下からエレベーターの扉のチーンという音がした。話し声が近づいてきて、一瞬の間を置いてから、重たそうな拳が八二一号室のドアをドンドン叩いた。

「さて」ジョニーが言った。「どうやらおでましだな。入りたまえ、ミスター・ピーボディ！」

ドアを押し開けて現れたのは肩の張った大柄の男で、戸口をほとんどふさいでいた。次いで痩せ型のミスター・ピーボディ、つまり〈四十五丁目ホテル〉の支配人が、大男の後ろから中をうかがった。

「やあやあ、諸君！」大男が太い声をとどろかせた。「この大都会へ、よくも舞い戻ってきたな。戻ると教えてくれれば、駅に護送車を迎えに行かせたのに」

「ケッ」サム・クラッグが小馬鹿にしたように言った。

だが、ジョニー・フレッチャーは大男を愛想よく出迎えた。「マディガン警部補！　元気でやってるかい？　おれがいない間、きっと事件解決に苦労してたんだろう。まさかいまも、面白そうな事件が手近にあって、てこずってるわけじゃないよな？」

「実を言うとだな、ジョニー・フレッチャー」殺人課のマディガン警部補が言った。「まさに事件があるんだよ、おまえさんのすぐ近くに」

「ミスター・フレッチャー」ホテルの支配人のピーボディが割り込んだ。「あなたがたが今日の午後にチェックインしたと、さっき知ったばかりですよ。規則があるのはご存じでしょう――」

「その話はさんざん聞いたよ。でも、いまだに気に入らないね。それに、ミスター・ピーボディ、このホテルには実際、抗議しとかなきゃならないことがいくつかあるんだ。エレベーターがあまりにも、あまりにもうるさすぎる。それから、メイドがバスルームにタオルを二枚しか置いてくれない。おれたちは一日に二度は顔を洗うんだよ、ミスター・ピーボディ」

ミスター・ピーボディの顔が真っ赤になった。「サービスが気に入らないのなら、なぜうちのホテルにいつも戻ってくるんです？」

「それはね、あんたが気に入ってるからさ、ミスター・ピーボディ。それから、サムもそう思ってる。そうだろ、サミー？」

「おうよ！」

マディガン警部補がククッと笑った。「おまえの口達者ぶりを披露してもらえて光栄だよ、ジョニー。だが、そもそもの用件に戻るが、おまえとクラッグがここにチェックインしたのはいつだ？」

「今日の午後だが、なぜそんなことを？」

「何時だ？」

「一時ごろだ」

「で、それからずっとこの部屋にいたのか？」

ジョニーは顔をしかめた。「なんだいこれは、マディ？　近頃のホテルの客は警察に登録しないとだめなのか？」

「そいつは名案かもしれんな――おまえの場合は。尋ねるのには理由があるんだ」

「つまり、上の階の死体のことだろ？」

ミスター・ピーボディがキャッと叫んだが、マディガン警部補はすぐさま言った。「なぜそのことを知ってるんだ、フレッチャー？」

「あの悲鳴が聞こえないわけないだろう？　おれは耳が遠くないんでね。まあ、ベルボーイも教えてくれたし」

「エディー・ミラーか！」ピーボディがわめいた。「あの小僧、クビにしてやる」

「できるもんなら、やってみてほしいね」

マディガン警部補は怖い顔をした。「もういい、フレッチャー。死体のことを知ってるんだな。ほかに教えてもらえることはないか？」

「客室係のメイドが九階のリネン室で死体を発見。情報源はベルボーイ。それだけさ」

「それだけか？　おまえは死体を見てないんだな？」

「見たはずだってのか？」

「そういうわけじゃないが、なんでそいつがおまえの本を手に持ってたのかと思ってね」

「えっ？」

「おまえとクラッグは『だれでもサムスンになれる』とかいう本を売ってるんじゃないか？」

「もちろん。そうやって、ここみたいなホテルに払う金を稼いでるんだ」

ミスター・ピーボディはまた口を開こうとしたが、マディガン警部補が手を振ってさえぎった。

「じゃあ、死んだ男はその本をどうやって手に入れたんだ？」

「知るもんか。ニューヨークではまだ一冊も売ってないんだ。戻ってきたばかりなんだから。その本を見せてくれよ」

「本はない」

「死体が貸してくれなかったのかい？」

「実を言えば」マディガン警部補が言った。「正確には、本を手に持ってたわけじゃない。だが、手に残された血痕から判断して、その本に手が接触していたはずなんだ。なぜなら、表紙の一部が写し取られていたんだ。跡がついてたんだよ。おまえの本はどこにある？」

「なぜ？」

「徹底的に調べたい」

「どうして？」

「血がついてないかどうか確かめる」

「気でも違ったのか、マディガン？　死体は上の階で見つかったんだぞ。なんでその血がおれの本についてるんだ？」

「それを突き止めたいんだ」

ジョニーは目をぱちくりさせて、首を横に振った。「おれの本はトランクの中にある――当たり前だがね。トランクは、今日の午後にポーターがここに運び込んでからずっと、鍵がかかったままだ」

「鍵を渡してもらおうか」

「チッ、チッ。聞いて驚くなよ。実は昨日、鍵をなくしたばかりなのさ」

マディガン警部補は、威嚇するように歯をむき出しにした。「それなら、壊して開けるまでだ」

「壊して開けるのかい、警部補？」ジョニーはフッと笑った。「おれの百五十ドルのトランクを？」

「百五十――まさか！　冗談はよせ、フレッチャー。ボール紙製の中古じゃないか」

「百五十ドルの価値はあるって言ったんだよ、警部補。だから、誰かに壊されたら、それくらい払ってもらわないとな」

「ならば錠前屋を呼んでくるぞ、フレッチャー」

ジョニーは笑顔になった。「そのほうがいいな！　見られるのは別にかまわないんだよ――トランクを壊さないでくれるならね」

マディガン警部補はじろりとにらみ、それからドアのほうを向いた。「十分後に戻る。ここから逃げようとするんじゃないぞ」

「逃げやしないよ、マディ。おれたちはあんたと同じくらい興味津々なんだからな。そうだろ、サミー？」

「ああ、そうとも」サム・クラッグがうなるように言った。

マディガンは大股で出ていったが、ピーボディはまだ居残っていた。「さて、ミスター・フレッチャー、部屋代の件ですがね」

ジョニー・フレッチャーはいきなり近寄ると、ミスター・ピーボディの薄い胸板にてのひらを当てた。「警部補の話は聞いただろう、ピーボディ？　な？」そして、いきなりミスター・ピーボディをぐいと押したので、支配人は倒れるのを防ぐためにあわてて二、三歩ほど後ずさりをして、廊下に出る羽目になった。ジョニーは彼の鼻先でドアを閉めて、差し錠をかけた。

「ミスター・フレッチャー！」ピーボディが薄いドアの向こうで叫んだ。

ジョニーはくるりと振り返って室内を向いた。「急げ、サム。トランクだ」

「えっ？　トランクなんか捨てられないよ」

「本だよ！　取り出して調べるんだ！」

二人はトランクに駆け寄り、ジョニーがすばやく鍵を開けて、本をサム・クラッグに手渡し始めた。トランクの中には百冊以上入っているので、急いで作業しなければならない。作業が半ばを過ぎたころ、ジョニーの触れた一冊の本がべたついていた。彼はうなり声を漏らすと、その本を慎重に立てておき、調査を続けた。血のついた本がもう一冊見つかり、さらに底の近くにもう一冊、小さな血のシミのついた本があった。

ジョニーはその三冊をバスルームへ運び、タオルでくるんだ。部屋に戻ったときには、サムが残りの本のほとんどをすでにトランクにしまい終えていた。ジョニーは室内をさっと見回し、それからドアに近づいた。ドアに耳を押し当ててみると、外から誰かの深呼吸が聞こえた。思った通りだ。マデイガン警部補は、ドアの外に見張りを置いていたのだ。

第三章

ジョニーは窓際へ行った。外は暗くなっていたが、中庭を挟んだ隣にある六階建てのビルの屋上が見分けられた。窓から身を乗り出して、タオルでくるんだ包みをそこへ放り投げようとしたそのとき、真下の部屋の窓に明かりがついているのに気づいた――漫画家ジル・セイヤーの部屋だ。

彼は眉をひそめた。屋上では安心できない。マディガンは抜け目がないから、屋上も調べるだろう。ジョニーは締めていたネクタイをシュッと外し、サムのネクタイも外させて、結んでつなぎ合わせた。そしてその一方の端でタオルの包みを縛ってから、また窓際へ行った。彼は外に身を乗り出しながら、包みをぶら下げて下の階の窓の上端まで下ろし、そっと揺らして窓ガラスにコンと当てた。

ほとんど即座に、真下の部屋の娘が窓際へ来て、窓から顔を突き出して上を見た。「これを預かってくれないか?」ジョニーが小声で呼びかけた。

「気でも違ったの?」娘はあえぎながら言った。

「いいや」ジョニーは言い返した。「いま困ったことになってるんだ。おまわりがドアの外にいる。頼むよ、お願いだ」

マディガン警部補の拳がドアをドンドンと叩いた。「よーし、フレッチャー、ドアを開けろ!」

ジョニーはうめいた。「いま、ドアをドンドン叩いてる」彼はしゃがれ声でささやいた。「これを受け止めてくれ――さもないと、おれはおしまいだ」

「開けるんだ、フレッチャー！」マディガンが怒鳴った。

ジョニーは「放すぞ！」と言って、握っていたネクタイを放した。

彼は振り返って部屋のほうを向き、サムの緊張して青ざめた顔を見て――そして、耳を澄ませた。

包みが中庭の地面に落ちる音は聞こえなかった。

「もういいぞ。サム」ジョニーが言った。「ゴリラにドアを開けてやれ」彼はすばやくトランクに鍵をかけると、再び片方のベッドの上に身を投げ出した。

サムがドアの鍵を開けた。「ドアを壊して開けりゃあいいのに」

「あと少しでそうするところだったさ」マディガンは、戸口に立っている痩せ型で色黒の男に身振りで合図をした。「あそこにトランクがある。開けてくれ」

ジョニー・フレッチャーはベッドの上に起き上がり、あくびをした。「どうやら寝てたらしい。だいぶ前に来てたのかい、おまわりさんよ？」

マディガンがにらみつけた。「あと二、三分後に話をしよう、フレッチャー。おまえにとって楽しい話じゃないかもしれないがな」

錠前屋はポケットから鍵の束を取り出すと、ごそごそ探して一本を選び、トランクの鍵穴に差し込んだ。ばね錠がパチンと開いた。

「開きましたよ、おまわりさん、ごくありふれた安物の鍵ですな」

「ご苦労」マディガンがぶっきらぼうに答えた。

彼がトランクのほうを向くと同時に、ずんぐりむっくりした男が部屋の中に入ってきた。「やあ、フォクシーじゃないか！」ジョニー・フレッチャーが言った。

フォックス刑事は顔をしかめた。「おまえらのことは、いつか署へしょっぴいてやるつもりだ。いまがそのときかもしれんな」

「それはそれは」

「もうよせ、フォックス」マディガンが言った。「なにを探すかは知ってるな」彼は本をひとつつかみ取り出した。「『だれでもサムスンになれる』」嫌味っぽく題名を読み上げた。「こんなクズみたいな本、どうやって売るのかね」

「自分で買ってみたらどうだい、警部補？」ジョニーが尋ねた。「あんたも素晴らしくたくましい体になれるぜ――サム・クラッグみたいに」

「いや、無理だよ」サムが割り込んだ。「素質がなければ無理なんだ」

「牛だってたくましいぞ。脳みそは足りないがな」マディガンがやり返した。

トランクの中の本を調べていくうちに、マディガンのしかめ面がさらに険しくなっていった。彼はよりいっそう念入りに本を調べ始めた。

「表紙に傷をつけないでくれよ」ジョニーがたしなめた。「傷をつけたら、弁償してもらうからな」

マディガン警部補は、なにやら聞き取れないことをつぶやいた。ジョニー・フレッチャーは彼にトランクの中身をすべて調べさせてやったあとで、こう言った。「あんたがどれだけ賢いか教えてやろうか、マディガン。死んだやつはよっぽどのチビだったのかい？　もしそうじゃないのなら、これだけたくさんの本と一緒にトランクに入るはずがないからな」

マディガンは背筋をぴんと伸ばした。「なんだと？」

フォックス刑事はぎょっとした目で上司を見た。「あいつは大柄でしたよ、警部補」

「知ってる」マディガンが言い返した。彼は顔を赤らめながら、ひとつかみの本をトランクの中に落とした。「それでも、おれの考えでは――」

「へえ、考えてるんだ?」ジョニーは、からかうようにマディガンの顔を見た。

まだ大部分の本は敷物の上に積み重ねられたままなのに、マディガンはトランクの蓋をバタンと閉めた。「くそっ、勝手にしろ、フレッチャー。だが忘れるなよ、おまえのことはよく考えとくからな。帰るぞ、フォックス!」

ジョニーは彼らが出口へ行くまで待ってから、こう叫んだ。「トランクを開けてくれてありがとよ、マディ!」

マディガン警部補は、ドアを荒っぽくバタンと閉めた。

サム・クラッグは「ふう!」と言うと、くたびれた肘掛け椅子にどさっと腰を下ろした。ジョニーは安堵の笑みを浮かべた。「しばらく目まぐるしかったが、もう大丈夫だな、サム」

「どうかなあ。そう願うよ!」

誰かがドアをノックした。

「誰だ?」ジョニーが鋭い口調で言った。

「ベルボーイです!」

エディー・ミラーが、にっこり笑いながら入ってきた。そしてけばけばしい雑誌をジョニーに突き出した。「これですよ、『怪力男デクノボー』。値段は十二セントで、十二セントの使い道としては最高ですね。三百万人の子供が読んでるわけですから、間違いありません」

「三百万——」

「表紙に書いてあるでしょう、〝三百万部突破〟って。しかも前にお話ししたように、それだけじゃないんですから。『デクノボー』は五百紙もの新聞に載ってるんです。テレビ番組もあるし、八番街へ行けば連続映画だってやってますよ」

ジョニーはきっちり十二セントだけ払い、チップはやらなかった。エディー・ミラーは、まるで未知の標本でも見るかのように硬貨を眺め回した。

「要らないのか？」ジョニーが鋭く尋ねた。

「もちろん要りますけど……じゃあやっぱり、またしても一文無しなんですか。ピーボディは嫌がるでしょうね」

「ああ、ピーボディと言えば、しばらく前にここに来たな。どこぞのベルボーイをクビにするとかいう話をしてたぞ」

エディー・ミラーは、生意気そうににやりと笑った。「わたしはクビにはなりませんよ。秘密をいろいろ知ってますからね」

「どんな秘密だい、エディー？」

「それはちょっと」

「いくら払えばいい？」

「本気ですか？」

「もちろんさ、いつか重宝するかもしれないし。ほら、ピーボディはたまに意固地になるだろう」

「部屋代の件ですか？　まあ、これがあなたのお役に立つかはわかりませんが、あの人はエロ写真を集めてるんですよ」

ジョニーは口笛を吹いた。「ピーボディが？」

「ええ、それに、エロ雑誌も読んでるんです」

「どのエロ雑誌だい？」サム・クラッグが尋ねた。

エディーは肩をすくめた。「『猥褻実話』とか、『ホットなウワサ』とか、『オー・ベイビー』とか……いっぱいありますよ」

「で、それをピーボディが読んでるわけか。チッ、チッ。なかなか興味深い話だが、そいつをどうやって利用すればいいのかな」

「心に留めておく価値はあるでしょう。ほら、あなたはおまわりの追及をうまくかわしてたみたいですし」

「そのどこがいけないんだい、エディー？」

「いえいえ、別に」エディーがあわてて言った。「ただ、あなたとサムがいないときは、ホテルに何事も起こらないなあと考えていたので」

「考えたりしたらいかん――育ち盛りの坊やには毒だぞ、エディー」

エディー・ミラーは鼻で笑った。「〝育ち盛りの坊や〟ですか！　これでも七年もベルボーイをやってるんですがね。ミスター・フレッチャー、本が書けるくらいですよ！」

エディー・ミラーは気を悪くした様子で立ち去った。ジョニーは『デクノボー』の雑誌をサムに放り投げると、電話に手を伸ばした。

「誰にかけるんだい、ジョニー？」サムが尋ねた。

「七二一号室につないでくれ」ジョニーは受話器に向かって言った。

サムがわめいた。「よせよ、ジョニー。ほっとけって」

「ほっとけるわけないじゃないか？　もしもし、ジルかい？　ジョニーだ。どうかな――」

ジル・セイヤーは相手の言葉をさえぎった。「ねえ、あんなやり方って――」

「おいおい！」ジョニーが叫んだ。「壁に耳ありと言うだろう。実は、下のカクテルラウンジでビールを一杯がぶ飲みしたいんじゃないかと思ってね」

ジル・セイヤーが鋭く息を吸い込む音が聞こえた。それから、返事があった。「無理よ。今夜はデートがあるから。ちょうど出かけるところだったの」

「ほんの五分でいいんだ。ほら――わかるだろう」

「わからないけど、知りたいわ。いいでしょう、五分後に下のカクテルラウンジね！」

「そうこなくっちゃ！」

ジョニーが電話を切ると、サムがとがめるような目で見つめていた。「いつ彼女と会ったんだい？」

「ちょっと前さ。あの本について説明してやらないといけないんだよ」

「どうして？」

「どうしても。行くぞ、ついてくるなら来いよ」

サムは『デクノボー』の雑誌をくるくる丸めると、ジョニーのあとに続いて部屋を出た。ジョニーは注意深くドアの鍵をかけた。

二人がエレベーターから降りたとたん、ロビーをいらいらと歩き回っていたミスター・ピーボディがずんずん迫ってきた。「ミスター・フレッチャー、お話があるんですがね」

「おれのほうこそ、お話があるんだよ、ピーボディ。おまわりをおれたちの部屋に連れてくるとは、どういうつもりなんだ?」

ピーボディは息をのんだ。「わたしが警察をあなたのお部屋に? こうしたトラブルをわたしのホテルに持ち込んでいるのは、あなたでしょう」

「正気か? このしけたホテルに出入りしてる人殺しが殺し合いをしたら、それはおれのせいなのか?」

「シーッ! そんな大声出さないで――お願いですから! この件に関して、わたしはまったくもって不満ですよ、ミスター・フレッチャー」

「そりゃそうだと思うよ。じゃあ、またな」

「待ってください! ほかにもお話があるんですよ……部屋代の件です」

「荷物だよ、ミスター・ピーボディ」ジョニーが言った。「おれたちには荷物がある。あんたはいつも規則についてわめいてるんだから、まあ、よく知ってるだろう。荷物のある客は、前払いする必要がないんだよ」

「でも、あなたのトランクには本しか入ってないでしょう」

「荷物に本を入れてはいけないって規則があるなら見せてくれよ。それを見せてくれたら、喜んで一週間分の部屋代を前払いしよう。でなければ――一週間後に会おう。どうだい?」

ジョニーはウインクをして、カクテルラウンジへ向かった。

カクテルラウンジは、いかにも〈四十五丁目ホテル〉のような安宿に付属していそうなところで、短いバーカウンターとわずかなボックス席があり、明かりは薄暗く、気の抜けたビールのにおいがした。

「ビール二つ」ジョニーはバーカウンターに近づきながらバーテンダーに注文した。

「勝手に注文しないでくれよ、ジョニー」サム・クラッグがすねたように言った。「今日みたいな一日のあとは、スコッチのソーダ割りが飲みたいな」

「ビール二つ」ジョニーは同じ注文を繰り返した。

「いまお持ちします！」

バーテンダーがビールを二人の前に置くと同時に、ジル・セイヤーが現れた。銀色のラメのイヴニングドレスに銀狐のケープをまとい、髪には星屑が散りばめられている。新聞紙でくるんだ包みを小脇に抱えていた。

ジョニーは低く口笛を吹いた。「ジル！ きみは日ごとに美しさを増していくな。おれの友人兼助手を紹介させてもらおう。サム・クラッグだ」

ジル・セイヤーはジョニーを冷たい目で見て、次にその目をサムに向けたあと、バーカウンターから少し離れたボックス席に座った。ジョニーは自分のビールのグラスをボックス席へと運び、サムもあとに続いた。

「きみもビールにするかい？」ジョニーが尋ねた。

「ええ」とジル・セイヤーは言った。「ウォルター！ シャンパン・カクテルをお願い」

ジョニーは顔を引きつらせた。「オーケー、おれがおごるよ。窮地を救ってもらったからな」

ジルは包みをテーブルの向こう側へ押しやった。「はい、持ってって！ ところで、一つだけ質問に答えてちょうだい。どうしてわたしがそれを――そんな物を受け取ると思ったの？」

「ああ」ジョニーが言った。「彼は最初、きみの部屋にいただろう」

「えっ？」

「そうとも。きみのトランクの中だよ」

「いったいなんの話？」ジルが叫んだ。

そのとき、バーテンダーがシャンパン・カクテルを運んできたので、ジョニーは彼が立ち去るのを待った。

「つまり、おれたちは数時間前、きみの部屋に入ったんだよ——間違えて。エレベーター係に違う階で降ろされて、おれたちは中に入るまで気づかなかったんだ」

「ちょっと待って！　鍵もないのに、どうしてわたしの部屋に入れたの？」

「ドアに鍵がかかってなくて、少し開いてたんだ」

「五時半にわたしが戻ってきたときは、鍵がかかってたけど」

「そうだろうな。そして、そのとき彼は、トランクに入ってなかったんだ」

「彼？」ジルは目を丸くした。「どういう意味なの、彼って？　まさか……」

「そう、死体のことさ」ジョニーが低い声で言った。「きみの部屋はおれたちの部屋とそっくりで、きみのトランクもおれたちのトランクの双子みたいなんだ。まあ、きみのやつのほうが、ちょっとばかり新しいんだが。それに最初は気づかなかった。サムがきみのトランクを開けて、あれを見つけて——それでおれたちは逃げ出した。その一時間後、おれたちが自分の部屋に戻ってみると、さっきの死体がきみの部屋のきみのトランクから、おれたちの部屋のおれたちのトランクに移されていたというわけだ」

ジルは、ジョニー・フレッチャーをじっと見つめた。「気でも違ってるんじゃないの？」

「そう言われたことも、たしかにある」ジョニーは認めた。「でも、面白半分でいいから、きみのトランクの中をよく見てみてくれないか。もし血痕がどこにもなければ……」

ジルは身震いした。「とりあえず、死体が本当にわたしのトランクに入ってたとするわね。どうしてそこに入ったの？」

「それこそが、おまわりの知りたがってることだよ」

「それからもう一つ、もしその死体があなたたちのトランクに入っていたなら、あとで見つかった場所が九階のリネン室だったのはどういうこと？」

「おれたちがあそこに入れたんだ。おれたちのトランクの中から運び出して。だって、おれたちの死体じゃないだろう？」

「ええ。でも、じゃあ、誰のなの？」

ジョニーは肩をすくめた。「マディガン警部補は教えてくれそうにない雰囲気だったな——たとえ知ってたとしても。おれたちも、そこまで詳しくは調べなかったし。当然だがね」

バーテンダーのウォルターが声をかけてきた。「ミス・セイヤー、ミスター・バリンジャーがロビーにいらしてます。お呼びしましょうか？」

「そうね。ここに来るよう言ってちょうだい」

「ケン・バリンジャーかい？」ジョニーが尋ねた。

「今夜のデートの相手よ。知り合いなの？」

「いや、でも、名前に聞き覚えがあるような」

ケン・バリンジャーがカクテルラウンジに入ってきた。それはなんと、〈ディンキー・マグワイアズ・プレッツェル・パーラー〉にいた例の酔っ払いだった。その後ろから、あの友人も来ていた。

ケンは素面で、ジョニーのこともサムのことも覚えていなかった。だが、友人のほうは覚えていた。

「ケン」ジル・セイヤーが言った。「こちらはミスター・フレッチャーとミスター――えーと、スクラッグ。この人はミスター・ヘイル」

「クラッグだ」サム・クラッグが顔をしかめた。「それに、この二人とは会ったことがあるぞ」

ハリー・ヘイルはサム・クラッグに、にやりと笑いかけた。「またお会いできればと思っていたんですよ」

「なにか言いたいことでもあるのか?」

「ええ、でも、そういう意味じゃありませんよ。ケン、こちらがおまえを手荒く扱った御仁だぞ」

ケン・バリンジャーはくるりと向きを変えてサム・クラッグを見た。「まさか、信じないぞ」

「わたしのことは気にせず続けてちょうだい」ジル・セイヤーがそっけなく言った。

「すまない、ジル」ハリー・ヘイルが笑いながら言った。「説明するよ。ケンとわたしは今日の午後ディンキーの店にいて、そこでケンが、その、つまり、ちょっとした行き違いがあったのさ」

「まだ信じないぞ」ケンが不機嫌そうに言った。「たいして大柄でもないのに」

「こいつは見かけによらないのさ」ジョニーが言った。

「要するに」ハリー・ヘイルが割り込んだ。「ミスター・クラッグは〝デクノボー〟そのものなんだ」

サムがうなるように言った。「その〝デクノボー〟ってのはやめてくれ。ちょうど、この雑誌を見ていたところなんだが――」

「面白いでしょう?」ハリー・ヘイルが尋ねた。「わたしは担当編集者なんですよ——そして、ここにいるケンが〝デクノボー〟を描いています」

サムは二人を交互にじっくり眺めた。「へえ? まあいいや、いいかい、こういうのは良くないと思うんだ。この〝デクノボー〟だが、こんなことはできるはずがない。不可能だよ。片手でバスを持ち上げるなんて、誰にもできっこないんだから」

「あなたでも?」

「もちろん。誰だって無理だ。それに、飛行機なしで空を飛び回ることだって、誰にもできっこない」

「三百万人の読者がいるんですから、間違いないはずなんですがね」

「ベルボーイのエディー・ミラーも、同じことを言ってたな」ジョニーが言った。「こんな雑誌に、定期購読者が本当に三百万人もいるのかい?」

「定期購読者じゃなくて、購入者の数ですよ。ほとんどすべての新聞スタンドで売ってますからね」

ジョニーは確認するためにジル・セイヤーを見た。彼女はうなずいた。「本当の話よ。でも理由はわたしに訊かないで。『デクノボー』は大ヒットして、三百万人の子供たちが毎月買ってるというわけ」

「きみもその雑誌で描いてるのかい?」

ジル・セイヤーは首を横に振った。「有名になったと言っても、こんなものね。この人、わたしのことなんて全然知らなかったのよ」

「ジルは全国一うまい漫画家だぞ」ケン・バリンジャーが言った。それから、こう付け足した。「全国一うまい女流漫画家だ。高尚な雑誌で作品を描いてる。〝小さなクレオ〟は見たことないか？」

ジョニーの顔が明るくなった。「『フリーダム』に載ってるやつか？」

「その通り！」ハリー・ヘイルが言った。「で、ミスター・フレッチャー、あなたはどんなお仕事を？」

「おれかい？　いまは暇にしている」

「ほう、舞台関係とか？」

「まあ、そんなところだ」

「よかった。それなら、興味をもってもらえそうですね。実はミスター・クラッグに、今夜ちょっとした余興をお願いしたいんですよ」

ジル・セイヤーが叫び声をあげた。「でも、ボイスのパーティーに行く予定じゃないの？」

「まさにそれだよ。ボスに見せてやりたいんだ。いつも、〝デクノボー〟みたいなやつがいるはずないとせせら笑っているんでね。ミスター・クラッグに、その怪力をちょっと披露してもらいたいのさ」

「ほう」ジョニーが言った。「いいこと言うねえ。サムは世界一の怪力男だよ。そうだよな、サム？」

「もちろんさ。世界は狭いしな」

ケン・バリンジャーは首を傾げた。「クラッグ、あんたの体重はどのくらいある？」

「二百ポンドかそこらだな」

「で、身長はせいぜい五フィート八インチだろう。まだ信じないぞ。おれだって体重は百八十ポンド――」

「ケン、やめとけ！」ハリー・ヘイルが叫んだ。「わたしは彼がきみを押さえつけて、軽々と打ち倒すところを見たんだぞ」

「サムは胸を膨らませるだけで、材木用のチェーンを切ることができるんだぜ」ジョニー・フレッチャーが言った。

「本当に？　じゃあ、それを今夜――そのパーティーでやってもらえませんかね？」

「そうだな」ジョニーが言った。「それは条件次第だね」

「もちろん、出演料はお支払いしますよ」

「いくら？」

「ほかにはどんなことができますかね――つまり、腕力を使った芸当として？」

「じゃあ、こうしよう」ジョニーが言った。「おれたちには出し物みたいなものがある。長さは十五分くらいだ。で、少しばかり腕がなまっているんで、観衆を前に通しで演じてみたいんだ。最後まで通しでやらせると約束してくれるなら、ただでいいよ」

「お支払いするのは一向にかまわないんですよ。もちろん、そんなに高くは出せませんが。そうですね、二十五ドルでどうでしょう？」

「うーん。まあ、わかったよ。場所はどこなんだ？」

「グレイシー・スクエアの〈ザ・バナーマン〉です。実は、〝デクノボー〟の衣装があるんですよ。ミスター・クラッグがそれを着て余興をやってくれたら、ますますいい感じになるんですが――わたしらにとって。ほら、これは『デクノボー』のスタッフのパーティーなんでね。それから、その友達も。六十名か七十名は集まるはずです」

「多ければ多いほど、ありがたいね」

「まだ信じないぞ」ケン・バリンジャーがぼそぼそ言った。

ジル・セイヤーがため息をついた。「わたしも、あなたが今日の午後、素面だったなんて信じないわよ、ケン。さあ、もう八時を過ぎたわ。そろそろ今夜のどんちゃん騒ぎに出発したほうがいいと思わない？」

「パーティーがお開きになるころに到着できれば、おれにとってはちょうどいいタイミングだな」

「こらこら、ケニー」ハリー・ヘイルがたしなめた。「だめだぞ。約束しただろう、行儀良くするって」

「ああ、するとも。心配しなくていい。『はい、ミスター・ボイス。ありがとうございます、ミスター・ボイス』って言えばいいんだろう」

「ケンったら！」ジル・セイヤーが叫んだ。

「ああ、大丈夫だって。さあ行こう」

「じゃあ、来てくれますよね、ミスター・クラッグ？」

「おれたちは三十分後に行くよ。持ち物の準備があるんでね。では御三方、どんちゃん騒ぎの会場で会おう」

ジョニーは愛想のいい笑顔で見送ったが、三人が出ていったとたん、くるっと振り返ってサム・クラッグと向き合った。「金が入るぞ、サム」

「あいつは二十五ドルなんて払ってくれないと思うぞ、ジョニー」サムが言った。「それに、〝デクノボー〟の制服を着なくちゃいけないなんて嫌だな」

「それで客に受けるなら、かまわないじゃないか？　あと、支払いのことは心配するな。おれがちゃんと取り立てる。さあ、エディー・ミラーに箱を一個もらえないか訊いてきてくれ。ボール紙の大きな箱で、本が四十冊か五十冊ぐらい入りそうな……」

「本だって！　おい、まさかそれって――」

「通しでやらせてくれるって話だったろう？」

「ああ、でも――大丈夫かな？」

「やるしかないだろ」ジョニーはくすくす笑った。

第四章

そして、十五分後に二人はタクシーに乗り込んでイースト・サイドへと向かい、ホテルを出発して十分後にはイースト・リヴァーに面する背の高いビルの前でタクシーを降りていた。ドアマンが、サムの抱えている大きな箱を疑わしげに眺めた。

「ミスター・ボイスの部屋へ行きたい」ジョニーが言った。

「ペントハウスですが、小包は――」

「招待されているんだが」ジョニーが強い口調で言い返した。

「そうでしたか！　こちらへどうぞ」

二人はエレベーターに乗り込み、あっという間に最上階に到着したが、そこからペントハウスまではさらに階段を上る必要があった。お仕着せを着た使用人が玄関で彼らを出迎えた。

「ミスター・フレッチャーとミスター・クラッグだ」ジョニーが高慢な口ぶりで言った。

「お荷物をお預かりしてよろしいですか？」

「いや、これから必要になるんだ。ちょっとした余興をやる予定なんでね」

「かしこまりました。こちらへどうぞ」

二人は砂利を敷いた屋上の短い通路を通って、途方もなく広い居間にたどり着いた。そこには大勢の男女がいて、笑ったり、叫んだり、喋ったりしている。六十名か七十名は参加するというハリー・ヘイルの見積もりは、大げさではなかった。おそらく百名近い人がそこにいた。そして、ほとんど全員が酒のグラスを持っていた。

二人が居間に入るとすぐに、鉄灰色の髪をした目立つ男が近寄ってきた。「やあ、いらっしゃい！すまない、お名前をちょっと思い出せないんだが」

「フレッチャーとクラッグです。ハリー・ヘイルに招待されたもので」

「ああ、ハリーか。まさか、きみがあの――」

「ええ、〝デクノボー〟です」サム・クラッグが嫌そうに答えた。

男はサムを品定めして、かすかに眉をひそめた。「はじめまして。わたしがこのパーティーの主催者のマット・ボイスだ。ふーむ、ハリーから話は聞いたが……あいつの見当違いじゃないのかな」

「減量に成功したんですよ」ジョニーが朗らかに言った。

ハリー・ヘイルが飛んできた。「やあ、フレッチャー――それにクラッグ。ああ、ミスター・ボイスにもう会えたんだね。一緒に寝室へ来てもらえるかな。クラッグに合うはずの衣装が用意してあるから。ではボス、失礼します！」

ヘイルのあとについて歩きながら、サムは口の端っこでぶつぶつ文句を言った。「おれは気に入らないな、ジョニー」

「おれは気に入ってるぞ」ジョニーが言った。「それに、二十五ドルも気に入ってる」

「わかった、おれはもう知らん」

「誰が知らないって？」ハリー・ヘイルが肩越しに尋ねた。そして、ドアを押し開けた。「この部屋だよ」

　彼は中に入り、顔をしかめた。抱き合っていた男と赤毛の女が、ぱっと離れるところだったのだ。

「これは失礼、お二人さん」

　赤毛の女はたいそうな美人で、髪を手で整えた。「ノックをするように習わなかったの、ハリー?」

「十歳のとき母に『エミリー・ポストのエチケット』（一九二二年刊行の有名なエチケット指南書）を買ってもらいましたが、絵が気に入らなかったんですよ」ハリー・ヘイルが言い返した。「つまらない絵だったんでね。マーフィー、あんたも招待されていたとはね」

「招待はされてないぞ」マーフィーが答えた。「押しかけ客だよ。ほら、お返しさ。ボイスはわたしの商売に割り込んできたんだから、わたしはやつのパーティーに押しかけたというわけだ。ハハハ」

「ハハハ」ヘイルが面白くなさそうに笑った。「ところで、ルル、〝怪力男デクノボー〟をご紹介しましょう。デクノボー、こちらがボイス夫人だ」

　サム・クラッグは口ごもった。「いや、その、ヘイル、おれは――」

　ジョニー・フレッチャーがさえぎった。「彼の名前はサム・クラッグです。そしておれはジョニー・フレッチャー」そう言うと、ミセス・ルル・ボイスにウィンクをした。「これからみなさんのために、ちょっとしたショーをおこなう予定なんですよ。ほら、怪力男のショーを……」

「大変な怪力男ですよ、ルル」ヘイルがせせら笑いながら言った。「筋肉を触ることもできますからね」

「それは楽しみだわ」ルル・ボイスが小声で言った。「行きましょう、ダニー・ボーイ」

　彼女とマーフィーは部屋を出ていった。ヘイルがチッと舌打ちをした。「ボスの女房と……ボスの不倶戴天の仇敵だ」

「ちぇっ、そいつはひどいな！」ジョニーが言った。「さて、衣装とやらはどこにあるんだい？」

ヘイルは鏡台に置いてある箱を取った。「これだよ」

紐を引きちぎって、箱を開けた。サム・クラッグはそれをひと目見ると、仰天してしゃがれた叫び声をあげた。

ジョニー・フレッチャーは一応賞賛するかのように口笛を吹いたが、顔はにやにや笑っていた。

ハリー・ヘイルが箱の中から衣装を取り出した。「気に入ったかな？」彼が掲げているのは、豹の毛皮だった。

「どんなに偉いやつの命令だろうと、そんなもの着るもんか！」サム・クラッグはうなるように言った。

「そうか？」ジョニーが近寄り、サムに耳打ちした。「おれたちのいまの所持金は合計六ドル足らずで、このままだと飢え死にするぞ」

サムの額に汗が浮かんできた。「この……この下に、肌着のシャツは着ていいのか？」

「とんでもない、シャツが見えちゃうだろう。でも、うまくできてるんだよ。うちのアーティストのモデルが着る衣装なんだ。まあ、少しきついかもしれないが……」ヘイルは肩をすくめた。

五分後、サム・クラッグは筋肉隆々の体に豹の毛皮をまとった姿で立っていた。膝のずいぶん上から腰までは完全に覆われていて、そこから続く細長い毛皮が左肩から背中に掛かっている。革紐をふくらはぎまで編み上げたサンダルを履いて、コーディネートは完璧だ。

サムはよろよろしながら鏡に向かったが、悲鳴をあげて後ずさりした。「こんな格好で人前に出たくないよ！」

「わたしとしては、なかなか似合うと思うんだが」ハリー・ヘイルがおどけて言った。「女どもが夢中になりそうだ。とくに、ルル・ボイスがね。彼女の好みは、でかくてたくましい男なのさ」

「その箱を持っていけよ、サミー」ジョニーはそう言って、二人が持参した例の箱を指差した。

サムは言われた通りにした。

ハリー・ヘイルは居間に通じるドアの前へ行き、ぱっと大きくドアを開けた。

「紳士淑女のみなさん！」彼が声を張りあげた。「……〝怪力男デクノボー〟の登場です！」

がやがやとした話し声が一瞬やみ、サム・クラッグが寝室からこそこそ出てくると、驚いて息をのむ音が聞こえてきた。

「あとは引き受けた」ジョニーがハリー・ヘイルに言った。ジョニーは壁を背にして立つと、両手をさっと上げて、室内のすべての音をかき消すような大声で言った。「紳士淑女のみなさん、〝怪力男デクノボー〟はどなたもご存じですね。世界一の怪力男です。三百万人の子供たちが毎月、その冒険を雑誌で応援し、六千万人がテレビで応援し、四千万人が映画で応援している怪力男……その実物が、いまここにいるのです……そう、彼こそ本物の〝怪力男デクノボー〟。デクノボーのできることならなんでもできる。サム……じゃなくて、デクノボー、電話帳だ！」

サム・クラッグが指先ではじいただけで、箱を縛ってあった太い紐がブチっと切れた。彼は箱に手を突っ込んで、マンハッタンの電話帳を取り出した。そしてそれを高く掲げて、室内の全員に見せてから、自分の正面に下ろすと、ほとんど難なく真っ二つに引き裂いた。二等分された電話帳は、ぽいっと床に放り投げられた。

「こんなことは朝飯前です！」ジョニー・フレッチャーがわめいた。「デクノボー、ベルトだ！」

サムは箱の中から、厚手の布ベルトを取り出した。一般的に軍隊ベルトとして知られているたぐいの品だ。ジョニーはベルトを受け取ると、それをサムの胸に巻きつけて、正面で結んだ。

「これはちぎれないとお思いでしょう？」ジョニーが観衆に尋ねた。「そんなことができる人は、この部屋に一人もいません、ただし――デクノボーは別です！」

サムは拳を握り締めて、息を吐き出してから、ゆっくりと吸い込んだ。ベルトがぴんと張り、サムの肌に食い込むかと思ったとたん、バチンと音を立ててちぎれた。ジョニーははじけ飛んだベルトをつかむと、ぎざぎざになった切り口を高く掲げた。

「同じようなベルトをちぎることができると思う方が、この中にいますか？　もちろんいませんね。全国でも、そんなことのできる人は二十人もいませんし、デクノボーほど楽々とやってのける人は誰もいません。でも、それはきわめて当然のことでして、なぜならデクノボーは世界一の怪力男だからです。どうしてわかるのか、ですって？　それは、わたしが彼をそういうふうに作り上げたからです。ご覧なさい……」

ジョニーはサムの盛り上がった筋肉を指差し、胸板を拳で叩いた。

「いまの彼を見れば、かつてチビで虚弱な男だったとは思えないでしょう。ですが、そうだったのですよ。初めてわたしのところに来たとき、体重は九十五ポンドしかなく、肺病で死にかけていた。当時わたしは、アズタパッチ・インディアンを世界最強の民族にした身体鍛錬の驚くべき秘密を学んだばかりでした。わたしは、そのインディアンと一緒に暮らしたのですよ。彼らの言葉を話し、兄弟と呼ばれました。だから、信頼して秘密を打ち明けてもらえたのです。サム――じゃなくて、デクノボーが現れたとき、実験するのにうってつけの相手のように思えました。彼に失うものはなにもなかったのですから……どうせ死にかけていたわけですし。そこでわたしは、アズタパッチ・インディアンの身体鍛錬の原理を彼に応用したのです。二週間後、デクノボーの体重は百四十ポンドに増え、毎朝食事の前に五マイル走るようになりました……走るのが義務だったからではなくて、元気が有り余っていたからです。そして……おっと、ちょっと待った！」

ジョニー・フレッチャーは、驚いてサム・クラッグのほうを振り返った。「デクノボー——それは無理だ！」

サムは太さ一インチの材木用チェーンを箱から取り出して、それを自分の胸に巻きつけている最中だった。「待て待て、デクノボー」ジョニーが叫んだ。「それは無理だ！　馬が引いても切れない鎖なのに、ましてや人間が切るなんて。なに？　できるっていうのか？　いやいや、たとえデクノボーでも、それはできまい。なんだって……？」

ジョニーは当惑した顔で首を横に振り、それからまた観衆のほうを向いた。「みなさん」彼は叫んだ。「デクノボーは、ベルトをちぎったようにこの鎖もちぎることができると言い張るのです。もちろん不可能なのはご存じですよね。人間にできるようなことではありませんし、ですが……もしそんなことができたら、素晴らしいじゃありませんか？　もしも……？　デ、ク、ノ、ボー！」

サムはかがみ込んでいた。足を大きく広げて、ゆっくりと体を起こしながら、胸を膨らませていく。鎖が肌に食い込み、サムの顔はピンク色に染まり、次いで真っ赤になった。額から汗が噴き出した。

「やめろ、デクノボー！」ジョニーが金切り声をあげた。「怪我をしてしまうぞ。やめないか！」

そのとき、鎖が切れた。サムの体からはじけ飛び、ガチャンという恐ろしげな音を立てて床に落ちた。一瞬の間、唖然とした沈黙が室内に広がった。沈黙を破ったのは、ジョニーの怒鳴り声だった。

「やりました！　馬にも切れない鎖をデクノボーが切りました。やりましたよ。これで、世界一の怪力男だと信じられるでしょう？　これでもう、アズタパッチ・インディアンの身体鍛錬の秘密が紛れもない本物だと納得できましたよね？　この中に、弱っていて、病気がちで、消耗している人はいませんか？　強くなりたい人はいませんか？　あきらめないように……あなたも強くなれるのですから！　ここになにもかも書いてあります。この秘密を世間に隠しておくのは正しいことではないと思ったので、こうして書き上げました。簡単な秘密の運動が、デクノボーを九十五ポンドの虚弱な男から世界一の怪力男に変えたのです。そのすべてが、この本に書いてあるんです」

ちょうどいいタイミングで、サム・クラッグが箱に手を突っ込み、ひと抱えの『だれでもサムスンになれる』を取り出していた。彼は一冊をジョニーめがけて放り、ジョニーはそれを受け取ると頭の上で振り回した。

「この驚くべき本『だれでもサムスンになれる』の中に、すべて書いてあります。ここにいるみなさんにこの本をお渡しするつもりでして、お値段は五十ドルしないどころか、二十五ドルでも十五ドルでもありませんが、その十倍の価値があるのはたしかです。そう、この素晴らしい小さな本を、取るに足らないわずかなお値段、たったの三ドル九十五セントでお配りしましょう……さあ、そちらに行きますよ！」

「ミスター・フレッチャー！」ハリー・ヘイルがぞっとして叫んだ。「そんな真似は――」

ジョニーはひと抱えの本をつかむと、ハリー・ヘイルを軽く押しのけた。「はい、どうぞ、これであなたもデクノボー並みの怪力になれますよ。ありがとうございます。四ドルですね……五セントは税金ですから、端数はなしです。それから、そちらの殿方もですね？　淑女はたくましい男がお好きですよ。お嬢さん、デクノボーの筋肉を触ってごらんなさい」

その娘は筋肉に触り……ほかにも何人もの娘たちに触られながら、サムは本を配るジョニーのあとについて人混みの中を歩いた。室内は大変な騒ぎになっていて、笑い声が一番大きく響き渡り、その中にたびたび、ジョニー・フレッチャーが『だれでもサムスンになれる』を買うように勧める朗々とした声が聞こえた。ハリー・ヘイルは再び彼に追いついたが、やはり無視されてしまった。

　だがジョニーは結局、本の売り込み中にパーティーの主催者であるマット・ボイスとばったり出くわした。「ハリー・ヘイルにそそのかされてこんなことをしたんだろう？」問い詰めるボイスの顔は、怒りで真っ赤になっていた。

「ヘイル？　いいえ、あれはわたしのアイデアですよ。一冊いかがですか？」

「いらん！　だが、明日の朝わたしの執務室に来るように」

「いいですとも。そちらの旦那も、一冊いかがです？」

「ケッ！」と答えたのは、殺人課のマディガン警部補だった。

ジョニーはたじろいだ。マディガンが部屋に入ってくるのを見ていなかったのだ。「招待されてないのに押しかけてきたのかい？」

「ああ、だが、おまえもだろう？　実に見事な売り口上だったな。四十二丁目で聞いたどの口上よりもうまい」

「それは、おれがいないからさ。なにかあったのか？」

マディガン警部補はサム・クラッグをしげしげと見た。「その猫の毛皮を着てると、実に自然に見えるな」

サムは怒って歯をむき出した。「金を稼ぐためにやってるだけだ！」

マディガンはくすくす笑ってから、再びジョニーのほうを向いた。「この家の主人はどこにいる？」

「すぐそこにいる。あの目立つ御仁だよ。用事でもあるのかい？」

「おまえも他人事じゃないかもしれないぞ」マディガン警部補はマット・ボイスのところへ行った。

「ミスター・ボイス、少々お時間をいただけませんか？　わたしは殺人課のマディガン警部補です」

ボイスはマディガンとジョニーを交互に見た。「殺人課？」

「ええ。ハル・ソーダーストロムという男性はご存じですか？」

「ああ、だがなぜ……？」

「その件でお話ししたいのですよ」

「殺人課ということは……つまり……？」

「そういうことです。どこか別室はありませんか？」

「ああ。ついてきてくれ」

マディガンはジョニー・フレッチャーに合図をした。「おまえも来い」

「オーケー。どっちみち、ここでの仕事はほとんど終わったところだ」

サムは混み合った部屋から早く出たかったので先に寝室へ向かい、ほかの人たちが来るころには、すでにシャツを着ているところだった。

ドアが閉まるやいなや、マット・ボイスがあからさまにジョニーを顎で指し示した。「こいつらはなんなんだ？」

「この件に関与しているんですよ。容疑者と言ってもいい」

「おいおい、マディガン」ジョニーが叫んだ。「世の中には名誉毀損ってものがあるんだぞ」

「訴えてみろよ。ミスター・ボイス、ハル・ソーダーストロムはあなたの会社の社員でしたね」

「その通りだが、彼が——彼が死んだとは信じられん。つい昨日も会ったのに。それも殺人だなんて……！」

「〈四十五丁目ホテル〉のリネン室で発見されたのですが、頭を鈍器で強打されていました。身元のわかる書類をなにも身につけていなかったので、確認するのに数時間かかってしまったのです」

「結局、どうやって確認したんだ？」

「指紋です。台帳に登録されていたので」

ボイスがはっとしたようにマディガンを見た。「えっ？」

「シンシン刑務所で服役していますな。ご存じなかったんですか？」

「知るものか！　なんの——なんの罪だったんだ？」

マディガンは唇をすぼめた。「恐喝です。三年の刑でした」

ボイスは困惑したように首を振った。「ちっともわからなかった。少なくとも四年はうちに勤めていたのに……」

「優秀な社員だったんですね？」

「そうだとも。まあ、月曜はときどき二日酔いだったが、男をそんなことでとがめたりはしない。わたし自身も酒は好きだからな」

「彼はどんな仕事をしていたんでしょう？」

「そりゃもちろん、『デクノボー』の営業を担当していたんだ」

「デクノボーですか？　なんと……」マディガンの目が急にサム・クラッグに向けられた。サムはほとんど身支度を終えていた。「そうか――あの衣装に見覚えがあったわけだ。たしかにデクノボーだな。これでわかった」マディガンの顔がぴくりと動き、いきなりくすくす笑い出した。「サム・クラッグ、またの名をデクノボーか」

「面白いと思ってるのか？」サムがせせら笑った。

「カメラを持っていれば、あの衣装を着たおまえの写真を撮って、コニー・アイランドの遊園地で売って金持ちになれたんだがな」

「じゃあ、あんたも『デクノボー』の読者ってわけか」ジョニーが嫌味っぽく言った。

それを聞くと、マディガンは仕事の話に戻った。彼はボイスにこう言った。「あなたの会社は『デクノボー』の出版社ですよね」

「その通り。わたしがボイス出版社の社長だ。だが、ソーダーストロムが死んだのは会社の業務とは無関係だという点は保証しよう。それから、この男たちがソーダーストロムとなんのつながりがあるのか、まだわからないんだがね」

「わたしもわかりませんよ。ですが、こいつらに関しては、奇妙な偶然の一致がありましてね。ソーダーストロムの手に血がついて、その手がある本に触れたので、題名の一部の跡が手に残っていたんですよ。その本の完全な題名は『だれでもサムスンになれる』で、こいつらはそのセールスマンなんですからね……」

「なんだと？」ボイスがジョニーを鋭い目つきで見た。「あれは本物のセールストークだったのか？

ヘイルはおまえらが何者か知っていて——」

「いえ」ジョニーが言った。「彼はなにも知りません。サムを雇ってデクノボーを演じてもらいたいということで、二十五ドル払うと約束してくれたんです。いつもやってる怪力男の出し物があると話すと、それをやってくれと言われたんですよ。まあ、それでやったというわけでね。うーん、もしかすると、出し物の最後に本を売り込む口上があるのを、ヘイルに言い忘れていたかもしれません」

「忘れたんだろうが！」マディガンが叫んだ。「きっと言い忘れたに違いない！　おまえのいつもの手口だな」

「警部補は、この男たちのことをよく知ってるようだね？」

マディガンは鼻息荒く言った。「ええ、嫌というほど。こいつらは——」

「おいおい、警部補」ジョニーがたしなめた。「一度、あんたのために事件を解決してやったこともあったんじゃないか？　それが感謝の気持ちかい？」

マディガンは耳をかきむしった。「厄介なのはですな、ミスター・ボイス、こいつの話が事実だということなんですよ。たしかに一度、捜査を手伝ってもらったんですが……でも、今回と同じくらい、本人も深くかかわっていた事件でね」

「それに、今回と同じくらい手強い事件だったよな！」ジョニーはマディガンにウィンクをした。

「もし礼儀正しく頼んでくれれば、今回も手伝ってやるかもしれないぞ」

「いや、結構。わたしも市警も、おまえになど手伝ってもらわずにやっていくつもりだ。もちろん、あの本の跡がどうやってソーダーストロムの手についたのか説明したいのなら、話は別だがな」

「できるものなら、説明するんだがね」

「ところで」マット・ボイスが言った。「ソーダーストロムについてなにを話せばいいのかね？」

「話すべきことをすべてお願いします。既婚者でしたか？」

「最近は違ってたな。八年から十年くらい前に離婚したはずだ。考えてみると、過去の話は一切しない男だった。最初は広告セールスマンとして採用したんだが、『デクノボー』の雑誌を発刊したときに――」

「『デクノボー』よりも前から雑誌を出していたんですね？」

「ああ、わたしは十五年前から出版業に携わっている」

「どんな雑誌です？」

ボイスは謙遜するような身振りをした。「たいしたもんじゃない。まあ、その、くだらぬ雑誌だよ。『デクノボー』はわたしが出した中で一番成功している雑誌だ。そして、その成功は少なからずハル・ソーダーストロムのおかげだと言ってもかまわない。彼を失ったのは痛手になるよ」

「もちろんそうでしょう。でも、まだ彼のことは、本当はなにも話してくれていませんね。彼には敵がいたはずですよ、少なくとも一人は」

第五章

ボイスが答える前に、ドアがノックされて、ハリー・ヘイルが中をのぞき込んだ。サム・クラッグが身支度を終えているのを確認すると、「オーケー」と肩越しに言って、部屋に入ってきた。ジル・セイヤーがそのあとに続いた。

「やあ、ボス」ヘイルが快活に話しかけた。「デクノボーはいかがでしたか?」

「そのことは明日話そう」

「とっても素晴らしかったわ」ジル・セイヤーが言った。「とくに、ミスター・フレッチャーが」

ジョニーはくすくす笑った。「ご親切にありがとう。ミスター・ヘイル、ちょっと話があるんだ……ほら、報酬の件で」

「えっ? いやいや、少なくとも百ドルは稼いだだろう」

「そうかもしれないが、二十五ドル払うという約束だったからな」

「原始人の衣装を着ただけで、二十五ドルもらう価値はあるぞ」サム・クラッグが文句を言った。

「勘弁してくれ」マット・ボイスが割り込んだ。「いまはそんな話をしている場合じゃない。こちらはニューヨーク市警のマディガン警部補だ。こっちは『デクノボー』の編集者のミスター・ヘイルで、こちらは——失礼、えーと——有名な漫画家のミス・セイヤー。ハリー、警部補はショッキングな情報を伝えに来たんだ。ハル・ソーダーストロムが死んだ」

「ハルが?」ハリー・ヘイルが叫んだ。「道理で今夜来なかったわけだ。粗悪なウイスキーのせいですか?」

「鈍器だよ」ジョニー・フレッチャーが言った。

マディガン警部補が前に歩み出た。「フレッチャー、おまえらはもう帰っていいぞ。万一の連絡先はわかっているからな」

「おや。もし手伝えるのなら、近くで待っててもかまわないけど……」

「いや、手伝わなくていい。とにかく失せろ!」

「帰れってことか? わかったよ、帰れと言うんなら」ジョニーはむっとした様子を漂わせながら、ジル・セイヤーに身振りで合図した。「ホテルまで送るよ」

ジルは首を横に振ろうとしたが、急にジョニーとサムのあとを追い、部屋を出ていった。ドアの外に出ると、サムは本の入っていた箱を持ち上げた。「どこかの意地汚い泥棒に、売れ残った本をかっぱらわれちまった。六冊か八冊はあったはずなのに……」

「ついてないな」ジョニーが言った。「なあ、ジル。おれはきみを救い出してやったんだぜ。あのソーダーストロムとかいうやつが、今日の午後きみのトランクに入ってた男なんだ」

「そんなの嘘だわ」ジルはむきになって言い放った。「あの人のことは、ほとんど知らないのよ」

「一応は知ってたんだな?」

「ほとんど知らないって言ったでしょう。ケンの名目上の上司だったから、名前を聞くことはときどきあったのよ。あとは、一度か二度会っただけ」

「ところで、きみのボーイフレンドはいまどこにいるんだい？」

ジルは、形のいい肩をすくめた。「バーはどこにあるの？」

「そうか！　やっぱり、きみを送らせてもらうべきかもしれないな」

「帰り道はわかるわ。正直に言うけど、ミスター・フレッチャー、わたし、あなたのことがものすごく好きというわけじゃないのよ」

「それは、おれのことをよく知らないからさ。おれのことを説明させてくれたら――」

「手紙を書いて、封筒に切手を貼らずに出してちょうだい」

ジョニーは顔をしかめた。「これじゃあ、らちが明かない。そうか、じゃあ結局、警部補に白状するしかないのかな」

「白状する？」

「本当のことを言うのさ。どうやっておれが死体を発見して……どうしてそれを動かしたのか……まあ、そういう話だな」

「ねえ、そんな真似はしないで。わたし、恐喝と名のつくものは、すべて大嫌いなの」

「シーッ！」ジョニーが言った。「人に聞こえるぞ」

「おい、ジョニー」サムが言った。「面倒なやつが来たぞ！」

ケン・バリンジャーが、酔った足取りで人混みの中を縫うようにやってきた。タキシード姿のずんぐりとしたブロンドの青年が彼を引き止めようとしていたが、あまりうまくいっていなかった。

ケンはサム・クラッグに近寄ると、梟（ふくろう）のような目でにらみつけた。「さっきのは見たが、おれはまだ信じないぞ。あの鎖はまがい物だ」

「もちろん」サムがあっさりと告白した。「電話帳もそうだぜ」

「ケン！」ジルが叫んだ。「また酔ってるのね」

「おれはカモみたいなものさ。このイタ公は今日の午後、おれが見てないすきに殴ってきたんだから、恨みがあるんだ」

サムはあくびをした。「大人になってから、出直して来いよ」

「こいつ……！」ケンがだみ声で言った。そして、いきなりサムの顔めがけて拳を振るった。サムはたやすく攻撃をかわし、手を伸ばしてケンの体に腕を回した。それからケンを抱え上げると、かがみ込んで膝の上にケンを寝かせた。その後、片手でしっかり押さえつけながら、ケン・バリンジャーがおそらく二十年間は味わったことのない目に遭わせてやった――昔ながらの尻叩きだ。しかも、手加減なしの。

ズボンの尻全体をひっぱたくとかなりの音が響き、サムが叩き終えるまでに、室内の半分ほどの人々がこちらを見ていた。その後、サムはケンを立ち上がらせて、壁に押しつけた。

ケンは、痛みのせいか酔って逆上しているせいか、泣きじゃくりながら、両手の拳をむちゃくちゃに振り回したが、どのパンチも当たらなかった。

「もう切りあげろ、サミー」ジョニーが鋭い口調で命令した。

「オーケー」サムはそう言うと、すっと身を引いた。ケンは顔面から前向きに倒れた。ジルがジョニー・フレッチャーのそばをかすめて駆け寄り、膝をついた。彼女は顔を上げ、その顔は押し殺した怒りで青ざめていた。

「もう帰ってもらったほうがいいと思うわ」ジルが言った。「それから、あなたの――あなたの飼ってるゴリラも連れて帰って」

「おまえのことだぞ、サム」ジョニーが楽しげに言った。「行こうぜ」

人々は無言で道を開け、通り道を作った。二人がドアにたどり着いたとき、誰かがジョニーに呼びかけた。

「おい！」

ジョニーは振り返った。声の主は、例のずんぐりしたブロンドの青年だった。「悪いのはケンのほうだってことだけ、言っておきたくて。彼は一日中、自分で災難を招くようなことばかりしていたんだ。正午にオフィスを出たときから、喧嘩腰だったんだよ」ブロンドの頭が上下に動いた。「明日、オフィスに来てもらえないかな。モデルになってもらう件について話がしたいんだ」

「嫌だ」サム・クラッグがぶっきらぼうに言い返した。

「ケンのせいか？　明日には彼も落ち着いているはずだよ。『デクノボー』は、いいモデルには報酬をはずむ余裕があるんだ。電話してくれ。ぼくはジム・ワイルダーだ」

「そういう細かい仕事をやるのもいいかもな」ジョニーが言った。

階段を下りて二十階に向かう途中で、サム・クラッグがぼそぼそつぶやいた。「今度おれにデクノボーの話をするやつがいたら、鼻面をぶん殴ってやるぞ。こんなに恥をかかされたのは、生まれて初めてだ」

ジョニーはくすくす笑った。「でも、本が三十二冊も売れたんだぞ。つまり、百二十八ドルだ。ひと晩の売上としちゃあ、悪くない」

サムはため息をついた。「いつかおれは、あんたのやらかすことのせいで心臓麻痺を起こすんだろうな。きっと追い出されると思ったんだが」

「まあ、最後には追い出されたわけだ。だけどそれも、おまえが手荒なことをやらかしたせいだぞ」

「ケンのことかい？　あいつが察してくれなかったからだよ」

「もしかすると、明日もおまえに突っかかってくるかもな。ほら、あのホテルで暮らしてるわけだし。うーん、それから、ジルって子も。実にイカす娘だよな」

「へーえ？　なあ、まさかあんた……」

「おれが？」ジョニーがあざ笑った。「おれが女にいかれることがあるか？」

「大ありだよ！」

エレベーターの扉が開いたので、ジョニーはその返事をしなくて済んだ。外に出ると、彼はタクシーに合図をして、車内に乗り込んだあとは、二人でくだらない話をした。

ホテルに着いたときには、十一時を過ぎていた。ミスター・ピーボディはフロントにいて、爪にやすりをかけていた。ジョニーとサムがエレベーターに向かおうとすると、ミスター・ピーボディは片手を上げた。

「ミスター・フレッチャー。この件についていろいろ考えまして、当ホテルの規則は字義通りではなく、その真意に従うべきだと主張することにいたしました」

「で、要するにどういう意味なんだい？」

「あなたのお持ち物は五ドルの価値もありませんね。シャツが二枚と、靴下と……」

「おれたちの部屋をのぞき回ったんだな？」ジョニーが強い口調で言った。

「わたしにはそうする権利があるんですよ、ミスター・フレッチャー。このホテルの支配人として」

「なあ」ジョニーが言った。「おれはあんたから部屋代を請求されるのに、ほとほとうんざりしてきたんだ。それでだな……」ジョニーはポケットから、くしゃくしゃの紙幣をひとつかみ取り出した。「……一週間分の部屋代を前払いしようと思う。二十五ドルだ」

ミスター・ピーボディは、目玉が飛び出しそうになりながら、その金をじっと見つめていた。ジョニーは意地悪く、くすくす笑った。「きっとあんたはおれに金がないと思って、フランス鍵を部屋の錠に差し込むつもりだったんだな。そうだろう？　さあ、金はここにあるぞ――それと、どうか領収書をいただきたいね。あんたはおれを信用していないし、おれもあんたを信用していない。だから、おれたちはわかり合ってるわけさ」

ミスター・ピーボディは領収書を書いたが、納得はしていなかった。

ジョニーとサムはエレベーターで八階まで上がった。部屋に入ったとたん、ジョニーは電話のところへ行った。「もしもし、交換手さん。氷水の入った水差しを持ってきてほしいんだが……それから、エディー・ミラーに運ばせてくれ。頼んだよ！」

彼が電話を切ると、サムが眉をひそめていた。「氷水だって、ジョニー？」

「喉が渇いたのさ」

「おれは冷えたビールが欲しいな」

「おまえには氷水のほうがいい。酔っ払ってもらいたくないからな」

「今夜はあんな目に遭わされたんだから、なにかくれたっていいだろう」サムがすねて言った。

「今夜はまだ終わってないぞ」

「どういう意味だよ、ジョニー？」サムの口調に不安がこもっていた。「まさか……また危ないことをするつもりじゃないだろうな?」

ドアを静かに叩く音がして、エディー・ミラーの声がドア越しに聞こえてきた。「氷水です、ミスター・フレッチャー」

「入れ!」

エディーは水差しを持って中に入ってきた。「氷水ですよね、ミスター・フレッチャー?」彼はからかうような口調で言った。

「氷水だよ、エディー」ジョニーは愛想よく微笑むと、ポケットからひとつかみの紙幣を取り出した。エディー・ミラーは目を見開き、うっとりと見入った。ジョニーは一ドル札を一枚抜き出し、よく調べてからもう一枚加え、その金をエディーに手渡した。

「おまえはいい子だからな、エディー。おまえさんのことは気に入ってる」

エディーは紙幣をポケットにしまい込んだ。「大当たりを出したんですね、ミスター・フレッチャー」

「ああ、そんなところだ。そして、これからも大当たりを出し続けるつもりなのさ……」

「氷水に二ドルも払うなんて!」サムが怒鳴った。

「チッ、チッ、チッ。サム」ジョニーがたしなめた。「これが氷水の代金じゃないことをエディーは知ってるんだよ。ときどきおれたちにいろんなことをやってくれるから、感謝の気持ちを表したいだけさ」

「わあ、ありがとうございます。ミスター・フレッチャー。わたしにできることがあればいつでも……」

「実を言うとだな、エディー、いますぐちょっとした頼みがあるんだよ」

「おやおや！　なんでしょうか？」

「いや、たいしたことでもなさそうだな。気にしないでくれ、エディー。困った目に遭わせてしまうかもしれないいし、仕事を失ってもらいたくない。おれが本当になにも触りやしないってことを、おまえならわかってくれるだろうが、おまえのあのボスが嗅ぎつけたら、おれが部屋に盗みに入ったとか言い出して……」

「部屋のことですか、ミスター・フレッチャー？」

「そうなんだ。ある部屋の中をちらっと見てみたいと思ったんだよ。ちょっとした手がかりがあったので、調査したくてね」

「手がかりですか？　あの殺人事件に取り組んでいるんですね？　わあ、面白そうだ。でも……えーと、どの部屋を調べてみたかったんですか？」

「いやいや、気にしないでくれ。どうせ、鍵を貸してもらうことなんてできっこないだろう？」

「鍵ですか？　えーと、うーん、あの、マスターキーならありますよ。このホテルのどのドアでも開けられます。いえね、たまたま鍵が手に入って、ある日、それがマスターキーの合鍵だとわかっただけなんですよ……」

「もちろんだよ、エディー。わかるとも。まさかおまえが、わざとホテルのマスターキーを失敬して、その合鍵を作ったりするはずがない……まあ、その鍵を見てみようじゃないか、エディー」

　エディーはポケットから鍵を取り出した。「どの部屋を調べるつもりなんですか？」

「この真上の部屋だよ。そのすぐ隣はリネン室で、そこがほら、例の現場だろう」

「ええ、そうですとも。あの部屋のことは調べましたよ。九二一号室にいるのはホルコムという名のお客です。宿泊名簿によればインディアナ州テラ・ホート在住で、もしかするとその通りかもしれない。風変わりなご老人ですよ。だけど、いいですか、ミスター・フレッチャー……あの、気をつけてくださいね？」

「気をつけると約束するし、このご恩は忘れないよ。それから、氷水もありがとう！」

「どういたしまして、ミスター・フレッチャー」

エディー・ミラーは眉をひそめてためらっていたが、ジョニーはもうなにもくれなかったので、しぶしぶ部屋を出た。ジョニーは唇に人差し指を当てて、二分ほど待った。その後、ドアのところへ行き、慎重に外をうかがった。

「おまえはここに残ったほうがいいな、サム。十分後に戻る」

「息を殺して待ってるよ」

ジョニーはウィンクをしてから、こっそり部屋を出た。だが、階段を上って九階へ行く代わりに、急いで階段を下りて七階へ行き、七二一号室のドアに近づいた。鍵穴からのぞき見すると室内は暗かったので、鍵を開けて中に入った。内側から鍵をかけて、そして明かりのスイッチを入れた。

あのトランクは、まだ隅に立っていた。ジョニーはその前へ行き、蓋を開けた。トランクは空っぽだった。中まで上体を突っ込み、マッチの火をつけた。その明かりで、内部を詳しく調べてみる。悔しさのあまり叫び声が漏れた。トランクの底を触ると、濡れていたのだ。徹底的に洗ってあり、内張りに染み込んだ水が、まだ完全には乾いていない。

「じゃあ、彼女は知らなかったんだな」ジョニーはつぶやいた。トランクを閉じて、クローゼットのところへ行った。中は衣類でいっぱいで、画板を取り付けたイーゼルも入っていた。画板には鉛筆のラフスケッチが留めてあった――風刺画だったが、ジョニーの目は一度素通りしたあとで、その絵に戻ってきた。

ジョニーはくすくす笑った。それは彼自身の風刺画で、顔は角張っていて、鼻は実際よりも突き出していた。だが、誰なのかはすぐにわかる。たった一本か二本の曲線で、ジル・セイヤーは風刺画の目の中に不敵な表情を描き込んでいて、そのせいで絵の中のジョニーはずる賢い狼のような印象だった。

彼はクローゼットの扉を閉めて、シフォニアのところへ行った。このとき初めて、家具が彼自身の部屋とそっくり同じものではないことに気づいた。シフォニアの横には戸棚があった。開けてみると、ジルの絵画用品の大部分がここにしまわれていた。鉛筆画や乾筆画が積み重ねられていて、クレヨン画も数枚あった。さらに、雑誌が山のように積まれていた。ジョニーは一冊を抜き出して、ぱらぱらとめくり始めた。その雑誌へ掲載された漫画がすぐに見つかり、そこにはジル・セイヤーのサインが入っていた。よくできた漫画で、ジョニーは思わずくすりと笑った。その雑誌は、発行部数の多い週刊誌だった。

戸棚から机へ移動すると、机の下に携帯用タイプライターが箱に入れて置いてあった。

机の大きな引き出しを開けたジョニーは、手紙の束が太い輪ゴムで留めてあるのを見て、叫び声をあげた。その束を持ち上げたとき、後ろからカチッという音がしたので、やましい気持ちで振り向いた。

ジョニーはドアが開くのを見てたじろいだ。ところが、鍵を手に部屋の中へ入ってきたのは、予想外の人物だった。

それは男で、長身で痩せ型の二十五歳くらいの若者だったのだ。男が侵入してきたことにジョニーが驚いたのと同じくらい、男のほうもジョニーを見て驚いていた。

「これはいったい……！」男が叫んだ。

「部屋を間違えたんだね、ミスター」ジョニーは急いで言った。そして背中の後ろで、開いた引き出しの中に手紙の束を落とした。

新たな侵入者は目をぱちくりさせたあとで、数インチしか離れていないところにあるドアの部屋番号にさっと目をやった。顔に険しい表情が浮かんできた。

「あんたのほうが間違ったんだろうが。いったいここでなにをしてるんだ？」

「えっ？」ジョニーが叫んだ。「自分の部屋は知ってるはずだと思うぞ。今日の午後にチェックインしたんだから。ほら！」彼は手をポケットに突っ込むと、八二一号室の鍵を取り出した。そして鍵に付いた札を見せた。「ほら、八二一号室だろう？」

「ここは七二一号室だ」

「そんな馬鹿な」ジョニーはわめいた。

相手はドアをトントンと叩いた。「自分で確かめてくれ」

ジョニーは前へ進み出ると、ドアをじっと見た。「おやまあ、こいつは驚いた！ たしかに七二一号室だ。しかしたまげたね、わたしの部屋とそっくりだし、トランクまでこれと似たやつを持ってるんだ。いやいや、なんたる驚きか。申し訳ない、ミスター。映画に出かけて、いま戻ってきたところでね。エレベーター係に早く降ろされてしまったせいで、あなたのお部屋に入ってしまったんだ」

ドアの前にいる男は、挑発に乗ってこなかった。彼はぶつぶつ言いながら片側に寄り、ジョニーが外に出ていけるようにした。だが、ジョニーはまだ立ち去りかねていた。

「これがよく言う、ばつの悪い瞬間ってやつなのかな、ねえ、ミスター……？　ところで、わたしの名前はフレッチャーだ」

「だからなんだ？」

「いや、なにも。いやはや、さっきはほんとにびっくりしたよ、あんなふうに入ってこられたときは。わたしはちょっと臆病なたちなんでね。ほら……今日このホテルでなにやら起こったし」そこで間を置いた。「殺人事件がね」

「ホテルでは、いつもなにかしら起こってるだろ。じゃあ、おやすみ」

「おやすみ」ジョニーは言った。「あと……すまなかったね」

「おやすみ！」

ジョニーは立ち去り、八階への階段を途中まで上った。だが、そこで立ち止まった。七二一号室のドアがようやく閉まったのはずいぶん経ってからで、その後に廊下の絨毯の上を滑るように歩く足音が聞こえた。あの男は七二一号室を出たあと、そこを離れて、廊下を歩いてエレベーターの前を通り過ぎていった。

ジョニーは忍び足で急いで七階に戻ると、身をかがめて廊下に目を凝らした。廊下の突き当たりを右へ曲がると短い廊下が続いているのだが、その突き当たりであの若い男がドアの前に立ち、鍵を差し込むところだった。ドアの鍵を開けると、男は中に入った。

ジョニーは五十まで数えたあと、廊下に足を踏み出して、できるだけ静かに歩きながら、男の入ったドアの部屋番号が見えるところまで行った。七一七号室だ。彼はうなずくと、後ろを向いて、階段へ戻った。

上の階の廊下で、サム・クラッグに出くわした。サムは、まるで九匹の子猫を産んだ猫のように神経過敏になっていた。「ああ、ジョニー！」彼はしゃがれ声でささやいた。

ジョニーは部屋の中へ入り、サムもそのあとに続いた。「十五分もかかったぞ、ジョニー」

ジョニーは悲しげに首を横に振った。「いま学んだことがあって、それがつらいんだ」

「へえ？」

「おれが学んだのは、美しい人ほど嘘をつくってことさ」

第六章

ジョニー・フレッチャーは、朝日に顔を照らされて目を覚ました。気だるげに寝返りを打って、窓の外の隣接するビルの屋上を眺める。そこは〈四十五丁目ホテル〉の八階とほぼ同じ高さだった。太った女が、屋上で洗濯物を干していた。こんなに朝早くから他人が精力的に働く姿を見せられると、不快な気分になりそうだ。ジョニーはベッドから降りると窓のブラインドを下ろし、それからベッドの間にある電話台のところへ行き、カチカチとうるさく針の音を響かせる安時計を見た。八時三十分だった。

ジョニーは叫び声をあげ、サム・クラッグをぴしゃりと叩いた。サムはうなり声を漏らし、毛布を頭の上まで引っ張り上げた。ジョニーは再びサムを叩いた。

「さっさと起きろよ、デクノボー！」

サムは毛布をぱっとはねのけた。「いま言ったのは誰だ?」と怒鳴ってから目を開けて、ジョニーに気づいた。「どうしたんだい?」

「起きろ！　新しい一日の始まりで、やることがいろいろあるんだ。昨日やるべきだったことが」

サムはうめいた。「悪夢を見ているだけかと思ってたけど、ようやく思い出したよ。悪夢だったらよかったのに」

ジョニーはくすくす笑って、バスルームへ行った。シャワーを浴びてバスルームから出てくると、エディー・ミラーがドアをノックしていた。

「電報ですよ、ミスター・フレッチャー！」

「着払い（コレクト）か、それとも前払い（プリペイド）か？」

エディー・ミラーはなにやら聞き取れない返事をつぶやいたが、ジョニーはドアを開けて中に入れてやった。彼の手にはなにもなかった。

「誰かがうろついている場合に備えて、電報と言っただけですよ」エディーはにやりとした。「鍵を取りに来たんです」

「なんの鍵だ？」

「ほら、マスターキーですよ」

「つまり、おまえはすべての部屋のマスターキーを持ち歩いてるのか？　ホテルのベルボーイがマスターキーを持つのは通例なのかい？」

「もう、やめてくださいよ、ミスター・フレッチャー。こっちは危険を冒してあなたに鍵を貸したのに」

「オーケー、エディー。これだよ。だが、ちょっと教えてほしい。七一七号室の客の名前はなんていうんだ？」

「七一七号室？　うーん、二十五歳ぐらいの背の高い若者じゃありませんか？」

「その通り。あれは誰だい？」

「ジョンスンという名前です。トマス・ジョンスン。宿泊名簿によれば、アイオワ州から来たそうです。町の名前は思い出せません。シェル・ロックだかシェル・クリークだかといった名前の田舎町ですよ。どうして興味がおありなんです？」

「おまえさんが興味があるのはどうしてだい？　それとも、すべての客について調べているのか？」

「長期滞在客だけですよ。ジョンスンは二週間前からここにいますが、たいしてなにもやっていない様子なんです。ほとんどいつも、この近くにいるんですよ。どういう意味かおわかりですか？」

「どういう意味だい？」

「部屋代を一週間滞納して、さらに一週間滞納する。そうなると、ピーボディがこっそりフランス鍵を差し込んで――彼を締め出してしまうからですよ」

「友達はいないのか？」

「誰かと一緒にいるのを見たことはありませんね。毎日二時間くらいは外出しますが、ほとんどの時間、自分の部屋にいるだけです。アイオワから来た若者にしては不自然に思えますよね。こんな大都会に来たのに。ですがね、ミスター・フレッチャー、もし昨日ここで殺されていた男と関係があると思っているなら、それはお門違いですよ」

「いや、その関係で興味があるわけじゃあなかったんだ」

「違うんですか？」

「違うのさ、エディー。鍵を貸してくれて、どうもありがとう」

「どういたしまして。ピーボディは……」

　エディーがそこで言葉を切ったのは、薄っぺらいドア板を杭打ち機がバンバン叩くような音が聞こえたからだ。

「起きろ、フレッチャー！」マディガン警部補の大声が響き渡った。

ジョニーはうめいた。「朝飯もまだなのに！　入れよ、おまわりさん！」

マディガン警部補はドアをバタンと開けて、一歩横に寄り、エディー・ミラーはその脇を通ってすばやく出ていった。

「やあ、フレッチャー」マディガンは大変な上機嫌だった。「それから、デクノボー！」

「それよりひどい呼び方をされたときは、おまわりでも鼻っ面をぶん殴ってやったもんだ」サム・クラッグが噛みつくように言った。

「そいつは震え上がるな、クラッグ。いつか受けて立ってやってもいいぞ、署に来るなら」

「ゆうべはぐっすり眠れたよ、マディガン」ジョニーが言った。「それでいまは、腹が減ってるんだ。だから、どんなくだらない用件で来たにせよ、手短に頼む」

「納税者は殺人事件がくだらない用件だとは思うまい。ここに来て、おまえが気にかかってることを白状する機会を与えてやろうと思ったのさ」

「気にかかってることなんかないよ、マディガン」ジョニーは警部補を疑わしげにちらっと見た。「あるわけないじゃないか？」

「いや、ただ単に偶然の一致をつなぎ合わせてみただけだ。ハル・ソーダーストロムの手についた血痕から、おまえの本の題名が読み取れたという偶然。それから、おまえがボイスのパーティーに現れたという偶然」

「おれたちは、ショーをやるために雇われたんだ」

「ハリー・ヘイルにか？　雇われたのはいつだ？」

「パーティーの前さ――もちろん。実は昨日の午後、おれたちはハリー・ヘイルとケン・バリンジャーの二人と小競り合いになったんだ。通りの先にある〈ディンキー・マグワイアズ〉に立ち寄ってビールを飲もうとしたら、ケンが自己憐憫に浸っていた。彼はサムが自分を小突いたと思って、つかみかかろうとした。サムが軽く払いのけると、ヘイルがサムならやれると思いついて、あとで出くわしたときにショーを提案されたんだ」

「その〝あと〟っていうのはどこの話だ?」

「この下のカクテルラウンジさ」

「そこに居合わせた全員の名前は?」

「おれとサム、ハリー・ヘイルとケン・バリンジャーだ」

「ほかに誰かいなかったか?」

ジョニーは眉をひそめた。「漫画家のジル・セイヤーもいた」

「ああ、そうそう、彼女はこのホテルに住んでるんだな」

「ケン・バリンジャーもそうだ」

「その通り。バリンジャーがおまえをミス・セイヤーに紹介したんだな?」

「いったいどういうつもりなんだ、マディガン?」ジョニーがつっけんどんに言い返した。「ゆうべ関係者全員にあれこれ尋ねたくせに、おれにいきなりくだらない話を持ち出して、罠にはめようとするとはね。いや、バリンジャーの紹介じゃない。このホテルで彼女と出会ったんだ」

「どうやって?」

「おいおい、おれは六十七歳の老人かい?　入れ歯とかつらでもつけてるってのか?　ジル・セイヤーは老いぼれた婆さんか？　あるとき、おれがエレベーターで違う階で降りちまって、彼女の部屋を自分の部屋と間違えたのさ……」

「あるとき、とはどういう意味だ？　おまえは昨日チェックインしたばかりだろう」

「だから、昨日の出来事だよ」

「それで、日も暮れないうちにカクテルラウンジで彼女と飲んでいたというわけか」

「あの店は酒の販売許可を持ってるぞ」

「そりゃそうだろう。思いついたことを声に出して言ってもかまわないかな、フレッチャー？」

「嫌だね。あんたがここに押し入ってくるのも嫌なんだが、嫌がってもなんの役にも立たないだろう？」

「ああ。じゃあ、ただ単に話すぞ。このハル・ソーダーストロムという人物は『怪力男デクノボー』を担当する営業部長で、ずいぶん楽な仕事だったらしい。それで、彼はこの〈四十五丁目ホテル〉にやってきて、頭をぶん殴られて、リネン室に押し込まれた。おまえが泊まっている部屋の真上にあるリネン室に。彼の手には、おまえがトランクに入れている本の題名を反転させた文字がついていた……なのにおまえは、死体がおまえの本のそばにあったことなどないと言い張る」

「そばにあったことを証明するための本はあるのか？」

「ある」

「なんだと？」

マディガン警部補は口笛を鳴らした。部屋のドアが開き、フォックス刑事が入ってきた。新聞紙にくるまれた小さな包みを持っている。ひと目見たとたん、ジョニーはぞっと身震いした。

マディガン警部補は、猫が鼠をもてあそぶような目つきで彼を見た。「この中身がなにか知ってるだろう、フレッチャー?」

「いや、全然……」

「開けろ、フォクシー!」

フォックス刑事が新聞紙をはがすと、タオルの包みが現れた。タオルが慎重に広げられて、とうとう三冊の『だれでもサムスンになれる』があらわになった。彼はおそるおそる本の端を持った。

「これを見たことはないか?」マディガンが尋ねた。「下の携帯品預り所で手に入れたんだ。もしこういう物を抱えてしまったら自分ならどうするかと考え始めて……数日間どこかに預けるだろうと思った。そこで、ここに来る途中で預り所に立ち寄ったところ、たしかに包みがそこにあったのさ。八二一号室のミスター・フレッチャーが預けた包みが」

「嘘だ」ジョニーがしゃがれ声で言った。「そんな包みは預けてない」

「本には指紋が残っている」フォックス刑事が言った。

「上出来だ、フォクシー」マディガンが満足げに言った。「実に上出来だ。もしそれがミスター・フレッチャーの指紋と一致したら、そうだな、うーむ、署に小さな部屋を用意することになるかもしれんな」

第七章

　ジョニー・フレッチャーは下唇を噛んだ。そして突然、降参したようにため息をついた。「オーケー、マディガン。ちゃんと話すよ」

「なんの約束もするつもりはないぞ」警部補はとげとげしい口調で言った。

「その必要はない。おれがソーダーストロムを殺したわけじゃないのは、よく知ってるだろう。おれたちがこの部屋にチェックインしたのは、昨日の午後二時だ。バス停からホテルへ直行した。運送会社はすでにトランクを配達済みで、この部屋まで運んでもらった。それから、おれたちは顔や手を洗い、モート・マリに会いに出かけた。いつも本を買ってる仕入先だ。ここに戻ったのは五時ごろで、サムがトランクを開けた。その中にソーダーストロムがいたのさ……」

「五時?」

「五時数分前だ。まあ、トランクを開けて死体を見つけたときのおれたちがどんな気分だったか、想像はつくだろう」

「ゆうべは悪夢を見たよ」サム・クラッグが言った。

「いまの状況が悪夢だな」マディガンが冷淡に言った。「続けてくれ、フレッチャー。それからどうなった?」

「おれたちはどうしたらいいかわからなかった——そこで、酒を飲みに出かけた。そのときに、ケン・バリンジャーとハリー・ヘイルと小競り合いになったんだ。それでここに戻ってきて——そして、死体を九階のリネン室へ運んだわけだ」

「で、例の娘と出会ったのはいつだ？」

ジョニーは咳払いをした。「えーと、そのときだよ。おれは死体を七階に動かすつもりだったので、先に様子を見に行った。ジルの部屋のドアが開いていたから、七階じゃなくて九階にして、サムに死体を運ばせたんだ」

「なるほど。さて、もう一つだけ訊きたいね。本のトリックに気づいたよ。おまえがトランクの鍵を壊して開けさせようとしなかったのは、まだ本を調べていなかったからだな。おれが錠前屋を呼びに行っている間に調べたんだ。だが、おれがいない間、フォクシーがおまえの部屋のドアの前にいた——だから、そのときは本を外に運び出せなかった。おれが探したとき、本はどこにあった？」

「窓の外に、紐でぶら下げてあったんだ」

マディガン警部補は鼻で笑った。「おれがなにを思っているかわかるか、フレッチャー？　おまえはおれがいままでブタ箱に入れた連中の中でも、一番の嘘つきだということさ」

「ひと言たりとも嘘はついてないぞ」

「ほほう！　おまえがすがれるものはたった一つしかないんだぞ——そしてそれがなんなのか、きっとおまえは知りもしないはずだ」

「ぜひ聞きたいね」

「時間の要素だ。下で宿泊名簿を調べてみた。おまえがチェックインしたのはたしかに二時十分だ。

そしてライアスン先生は、ソーダーストロムが殺されたのはそれより少なくとも三時間前――つまり十一時ごろだと断言している。そうなると、問題はますます厄介になってくる」

ジョニーは低く口笛を吹いた。「というと……？」

「十一時から二時までの間、死体はどこにあった？　おまえのトランクがホテルに届いたのは昨日の午前中だ。チェックインするまで一階に預けられていたんだから、二時より前に死体を入れられたはずはない。でも、死体は十一時以降どこにあったんだ？」

ジョニーはゆっくりと首を振った。「あんたが自分から、おれにアリバイをくれるとはね」

「そうだよ、ちくしょう。四十四丁目のバス停まで調べに行ったんだぞ。おまえらは一時五十五分のバスで到着した。運転手はおまえらのことを覚えている。クリーヴランドからずっと乗っていて、車内でじゅうぶん目立っていたからだ。だが、十一時から二時までソーダーストロムはどこにいたんだ？」

「それこそが」ジョニーが言った。「謎なのさ」

「言われなくてもわかってる。もう気が狂いそうだ」マディガンは顔をしかめた。「バリンジャーの部屋は十一階で、三時以降はアリバイがある。〈ディンキー・マグワイアズ〉で……」

「じゃあ、三時よりも前は？」

「残りは確認中だ。ほろ酔いでオフィスへ行って、ハリー・ヘイルに送られている」

「それなら、ヘイルは？」

「バリンジャーが六番街のどこかの店から電話をかけて、ヘイルに迎えに来てもらった。それが十一時ごろだ。二人とも、ホテルに向かって歩き始めたと言っている。〈ディンキー・マグワイアズ〉に着くまでに、三、四カ所に立ち寄った。二人ともにお粗末なアリバイだが、ストップウォッチを使って細かく調べるまではこれが精いっぱいだ」

「ソーダーストロムのボス、マット・ボイスはどうなんだ？」

マディガンはてのひらを上に向けて、肩をすくめた。「この上なく如才ない。実業家によくいるタイプだ。十時に起きて、クラブハウスまで歩いて少しばかり運動をして、それからぶらぶら歩いてご出勤──着いたのは正午ごろだとさ。けっ！」

ジョニー・フレッチャーは唇をすぼめると、少しの間マディガンを思案顔で見つめた。そして、なにやら決心したかのようにうなずいた。

「なあ、マディ。この件であんたがおれに恨みをもってもなんにもならないし、おれがあんたに腹を立ててもなんにもならない。おれはあんたが好きだから、情報をやるよ。ゆうべ、ボイスの家で、ある男がマット・ボイスの女房と抱き合ってるところを邪魔しちまったんだ。男の名前はマーフィー。自分の商売にボイスが割り込んできたから、自分はボイスの夫婦生活に割り込んでやるんだとか冗談を言ってたな……」

「マーフィーの記録ならあるぞ」マディガンが言った。「もらったんだ──さる人物に」

「ほう？　じゃあ、彼は何者で──なにをやってるやつなんだ？」

「以前は出版業をやっていた──おい、どっちが質問してるんだ？」

「あんただよ」

「よろしい。じゃあ、おれから質問しよう。どうやってジル・セイヤーと知り合った？」

「おれのテクニックが知りたいんだな、マディ？　普通なら金を取るんだが、あんただから特別に教えてやるよ。おれはさりげない、遠回しのアプローチを使う。たとえば、器量のいい女を見かけたら、つかつかと歩み寄ってこう言うのさ。『やあ、かわいこちゃん。一緒に遊ばない？』」

マディガン警部補は、急に呼吸困難に陥った。「フレッチャー」彼はだみ声で言った。「いつかおまえは、おれを怒らせて……」

「いやいや、それだけはごめんだな！」

「エヘン、エヘン！」マディガンは息を詰まらせて、ドタドタと部屋から出ていった。ジョニーはサム・クラッグにウィンクをした。

「かなり効果があったな」

サムはフンと鼻であしらった。「きわどいところだったぞ、今回は。もうなにもかも投げ出しちまおうぜ？」

「それもいいな。うまい朝飯を食ってから、モート・マリに会いに行くってのはどうだ？」

「モートに？　うーん、昨日あんなこと言われたのに……」

「ああ、でも、やつも本気で言ったわけじゃないさ。おれたちは、たった百五十ドルの借りがあるだけなんだから。モートはおれたちがいなけりゃ飢え死にするだけだし、それはやつもわかってるんだ。もう本の残りは少ししかないから、売りに行くのにじゅうぶんとはとても言えない。ふーむ、分割払いで数ドル渡しておくか。数ドルだけ」

二人はホテルをあとにして、ブロードウェイまで歩き、オートマット（自動販売式のカフェテリア）で朝食をとった。その後、地下鉄に乗って十八丁目へ向かい、そこから二ブロック歩いて西十六丁目にあるモート・マリの事務所へ行った。古色蒼然たるロフトビルディングの四階で、ふた部屋で構成されていて、そのうちの一つは物置として使われている。

　ドアに〝マリ出版社〟という看板は出ているものの、それはなんの意味もなしていなかった。なぜなら、モート・マリは正確には出版業者ではないからだ。彼は通信販売の業者で、セールスマンに本を売っている。取り扱う本はただ一冊、『だれでもサムスンになれる』だけで、実際の出版社から大量購入してセールスマンに転売しているのだ。

　モートは痩せてすらりとした三十代前半の青年で、黒い髪は手に負えない癖っ毛だ。ジョニーとサムが事務所に入ったとき、彼は競馬新聞の『レーシング・フォーム』を読んでいたのだが、二人を目にするとさっと立ち上がった。

「やあ、諸君！　ちょうどあんたたちのことを考えていたところだ」

「おれたちの名前が、『レーシング・フォーム』に載ってたのかい？」

　モートは咳払いをした。「実を言うと、アクアダクト競馬場の第四レースにいい馬が出るんで、もし金があれば十ドル賭けるのにと思っていたんだ。あの馬が負けるはずがない。馬の口から聞いたも同然なんだ」

「金と言えば、モート、おれたちがここへ来たのもその件なんだよ。いくらか渡そうと思ってね。昨日はいい一日で――」

　モートは真っ青になった。「金――金を払うためにここへ来てくれたのか？」

「ああ、そうだとも。いいだろう？　その馬のオッズはどうなってる？」

「二十対一だが、絶対に勝つよ、本当に。前のレースはドーピングで失格になったけど――」

「そんなこともときにはあるよな？　まあ、それほど確実だと思うなら、これを受け取って単勝で賭けるといい――」

ジョニーは紙幣を二枚、モートに手渡した。モートはその二枚を見て、しゃがれ声で叫んだ。「たったの二ドル！」

「それが四十ドルになるんだろう？」

モート・マリは、よろけまいとして机にしがみついた。目に涙が浮かんできた。「どうしてこんな仕打ちをするんだ、ジョニー？　わたしは心臓が弱いんだよ。最初は札束を支払うようなことを言っておいて、二ドルしか渡してくれないなんて」

「欲しくないのかい？　おれもそう裕福なわけじゃないから、自分では使えないんだぞ。あんたのそのレースにそれほど勝ち目があるならと考えて……」

モートはジョニーの手から紙幣をひったくった。「やめてくれ、ジョニー。さっさと帰って、静かに悲しませてくれないか」

「へえ、そんなふうに感じているんだな。いままであんなに儲けさせてやったのに……」

「そりゃそうさ、ジョニー。腹を立てる必要はないよ。あんたはお客としては最高だ。一万冊も買ってくれた年もあったんだから――でも、それはもう六年前の話だ」

「だから、返り咲きするつもりなんだよ。機は熟したし、こんなに気分がいいのは生まれて初めてだ」

「信じるなよ、モート」サム・クラッグが嫌味っぽい口調で割り込んだ。「おれたち、また探偵ごっこをしてるんだ。どういう意味かわかるだろう。おれはこてんぱんにぶちのめされて、結局おれらは一文無しになるってことさ」

「いまはどんなゴタゴタに巻き込まれてるんだ？」

「ゆうべの新聞で、〈四十五丁目ホテル〉のリネン室で発見された男の記事を見なかったか？」

「ああ、もちろん見たし、あんたたちのホテルだなと思ったんだ。巻き込まれていると気づくべきだったな。真相（ロウダウン）はどうなってるんだい？」

「まさに言い得て妙だな、モート。どこかの卑劣（ロウダウン）なやからがおれたちを卑劣（ロウダウン）なペテンにかけて、その死体をおれたちのトランクに突っ込んだのさ。だからおれたちが、そいつをリネン室に入れたんだ」

「入れたのはおれだよ」サムが訂正した。

「同じことさ。まあ、その男が出版業界の人間だというのはあんたも読んだだろう、モート。そのことについて訊こうと思ったんだよ――同業者のあんたにね。ソーダーストロムについてはどんなことを知ってる？」

「なにも知らないが、マット・ボイスの噂は聞いたことがある。変わり者らしいね」

「どういう意味だ？」

「ああ、何年も出版業界の端っこをうろついてきた人物で――ダン・マーフィーから『デクノボー』をぶんどるまでは、堅気の雑誌を出したことは一度もなかったんだ」

「おい」サム・クラッグが言った。「マーフィーってのは、あの赤毛の女といちゃついてたやつの名前だぞ」

「おまえの記憶力は象並みだな、サミー」ジョニー・フレッチャーがそっけなく言った。「すると、ボイスはマーフィーから雑誌を横取りしたわけか。どうやって？」

「わかるはずないだろう？　そういう話は、決して外部には漏れないんだ。その雑誌はマーフィーが所有していたか、あるいは所有する予定だったんだが、突然マット・ボイスが乗っ取って――そこからうまくいき始めたということだ」

「もしかすると、本当は最初からボイスのものだったのかもしれないぞ？」

「かもしれない。どうなんだろうな。でも、以前の彼は、まともなものはなにも所有していなかったんだ。噂によれば、十八年前はコニー・アイランドでホットドッグを売っていたらしい。それから、いくつかの競馬新聞にかかわっていたのは知っている。それが二年ほど前に『デクノボー』を発刊して、百万ドルを稼ぎ出した……ひょっとすると、わたしの生き方が間違っているのかな。そんなことは一度も起こらないんだから」

「これからあんたにも、稲妻に打たれるような経験があるかもしれないぜ――雨の中に突っ立っていれば。うーん、ハル・ソーダーストロムについては聞いたことがないのか？」

「それは、殺された男の名前じゃないか？」

「そうだ」

モート・マリは首を横に振った。「この一件までは、一度も聞いたことのない名前だ」

「恐喝で刑期を務めてるんだ」

「たとえそうでも、一度も聞いたことはない。だけど、マット・ボイスとかかわりがあったとしても意外ではないな」

「どうしてだ？　マットは〝金をよこせ、さもないと〟式のやり方に賛成なのか？」

モートは肩をすくめた。「この町で何年か前に『タウン・トランペット』って名前の〝ゆすり雑誌〟が出ていたのを覚えているか？　陰で糸を引いているのはボイスだと噂されたことがあるんだ。だけど、警察がつかまえたのはエグバート・クラドックとかいうやつだった」

「そいつはどうなった？」

「刑務所にぶち込まれたよ。新聞でそう読んだのを覚えてる」

「罪状は恐喝だったんだよな？　具体的には、その雑誌でどうやってゆすりをやってたんだ？」

「ああ、実に手の込んだやり方だよ。あれは社交界の名士相手の雑誌で、狐狩りやら、紅茶を受け皿から飲むお作法やらに関する記事なんかが載っていた。その中にあったのが、〝盗み聞き〟というコーナーだった。そこにダイナマイトが仕掛けてあったんだ。編集者は〝盗み聞き〟のゲラを某氏へ送り、『このゲラは明後日に印刷に回される予定ですが、ご興味がおありではないかと思いまして』と書いたメモを同封する。某氏はゲラに目を通して、短い記事を見つける。たとえば『某氏は雇い人を大変に厚遇する雇用主である。秘書がたくさん残業せねばならなかったので、某氏は上等のミンクのコートを買い与え、暖かく帰宅できるよう気遣ったのだ』というような。そこで某氏は、女房がその記事を読むことになると知り、癇癪を起こす。彼は『タウン・トランペット』誌に電話して、後生だからあの記事を載せないでくれと言い、すると編集者は、ニュースはニュースですし報道の自由はすべての新聞人の侵されざる権利であります、と答える。そしてその後、某氏が自分の執務室の席に座り、秘書のジュリーに毛皮のコートを買ったのは本当に寒い思いをしていたからだと女房に説明するよりは、このまま窓から飛び降りたほうがいいのでは、などと考えていると、そこへ到来するのは誰あろう『タウン・トランペット』の広告セールスマン。彼の説明によれば、結局のところ広告料で印刷代をまかなっているわけで、編集者はそれを承知していて、いつでも広告主と協力する用意があるし、いずれにしてもニュースはたくさんあるためその一部をボツにしなければならず、それは某氏の記事でもいい。それゆえ、某氏は十二ページ分の広告を、結構なお値段で購入するというわけだ」

ジョニー・フレッチャーは思案顔でうなずいた。「電動丸ノコ並みの切れ味だな。でも、人がどれだけ馬鹿かという証拠でもある。まあ、おれだったら、もしどこかのイタ公がこの雑誌に広告を出してたら、なにか隠したいことがあるとすぐにわかっただろうな」

「その通り」モート・マリは同意した。「だが、広告セールスマンは広告主に、たとえ広告文を送るのを忘れてもそのスペースの料金は払ってもらうと念を押すんだ。一件も広告の載っていない『タウン・トランペット』をよく目にしたものさ」

「で、その編集者の名前がエグバート・クラドックなんだな?」

「ああ。やつは自分が雑誌のオーナーだと主張したが、噂によれば、それはほかでもないマット・ボイスだったらしい。ボイスはクラドックに金を払って罪をかぶらせたと言われていた」

「懲役三年の罪を? まあ、いまならボイスの赤毛の女房の浮気現場を見たことも、それほど気の毒には思わないな。これからあいつのところへ行って、笑い者にしてやるよ」

「わたしの分も、にやにや笑ってやってくれ。あいつみたいな悪党が大成功するなんて、妬ましくてたまらないからな」

第八章

二人はモート・マリの事務所を出て七番街へ向かって歩き、着いたときにサムはなにも考えず十四丁目の地下鉄駅のほうを向いた。だが、ジョニーは片手を上げると、口笛を吹いてタクシーの運転手に合図をした。

「またタクシーに乗るのかい?」サムが嫌味っぽく言った。「来週になったら、たぶんヒッチハイクをすることになるんだろうな」

「おれにくっついていれば、リムジンに乗れるようになるかもしれないぜ」

「そうだよな! 警察のリムジンだ」

十分後、ジョニーはグランド・セントラル駅の向かい側でタクシーの料金を支払った。二人は高くそびえるオフィスビルの中に入り、エレベーターに近づいたが、ジョニーが急にサムを肘でそっと突いた。

「あーあ、誰かと思ったら!」

「えっ、誰が……どこに?」

ジョニーはわざと一歩横へ動いて、長身の男とぶつかった。アラバマの保安官風の口髭を生やした、へんてこな太鼓腹の男だ。ジョニーの肘が相手の腹に入り、男は「うっ」と声を漏らした。

「おい、どこ見て歩いて……ジョ、ニ、ー・フ、レ、ッ、チャ、ー、！」

太鼓腹の男はジョニーから逃げようとするようなそぶりを見せて、ジョニーは意地悪くくすくす笑った。「これはこれは、名探偵ジェファースン・トッド」

サム・クラッグが息をのんだ。「ジェフ……なんとまあ！　ジェフ・トッドに口髭が生えて、太鼓腹になってるぞ！」

「ジョニー・フレッチャーにサム・クラッグ」ジェファースン・トッドが言った。「今日はなにか嫌なことが起こるとわかってたよ。予感がしたんだ」

「おれ自身も、起きたときあまり気分が良くなかったな」ジョニーが言った。「おまえさんの口髭、曲がってるぜ……」

ジェファースン・トッドは口元をさっと手で隠したので、太鼓腹が無防備になった。ジョニーがその腹をぴしゃりと叩いた。「……それから、腹の枕がずり落ちてるぞ」

「やめろよ」トッドがうなるように言った。

サム・クラッグの目がきらりと光った。「まさか、いやいや、まさか。ジェフ・トッドが変、装、し、て、るのかよ！」

「ビンゴ！」ジョニーが言った。「賞品として、見事なナヴァホ族の毛布を贈呈しよう。どうしたんだ、ジェファースン？」

「仕事だよ。なんだと思ったんだ？　じゃあ、失敬」

「こちらこそ失敬、ジェファースン」ジョニーは向きを変えて、ビルの案内板をじっと見た。アルファベットの最初からスタートして、Ａの最後にたどり着くと、次に案内板に手を当てて、Ｂの部分まで手を滑らせた。

ジェファースン・トッドが叫んだ。「まさか、おまえらが訪ねるのは、ボイ……」

「ボイス！」ジョニーが言った。「おい、おまえがやってるのは彼の仕事じゃないだろうな？」

「いや、もちろん違う」

ジョニーは上顎に舌をつけてチッと鳴らした。「いや、もちろん違うよな。もしおまえがすでに仕事に取りかかってるなら、おれを雇うはずがないもの」

「なんだと？」トッドが叫んだ。「おまえはマット・ボイスの仕事をやってるのか？」

ジョニーは、ゆっくりと左目を閉じてウィンクをした。「ささやかな探偵仕事だよ。マットが言うには、間抜けな私立探偵に頼んでみたらへまをやらかしたそうで――」

「フレッチャー！」ジェファースン・トッドが声を詰まらせながら言った。

「うん？」

「ボイスはそんなことは言わなかったぞ。それに、おまえらは彼の仕事なんかやってないだろう」

「誰がやってないだと？」サム・クラッグが気色ばんだ。「この足長ヒョロ助野郎」

だが、ジョニーは無邪気を装った目でジェファースン・トッドを見上げた。「おまえはやっぱりボイスの仕事をしてるんだな？」

「もちろんだ！　でなければなぜここにいると思う？」

「知るわけないだろう？　このビルは四十階建てで、テナントは何千軒もあるはずなんだから……」

「わかった、わかった。だがな、いいか、ジョニー。おれたちは古い仲だ。この件はじっくり話し合って……」

「うーん、またあとにしよう。まあまあ、ジェファースン。約束に遅れちまうから……」

トッドは骨張った手を突き出すと、ジョニーの腕をつかんだ。

「お互いにとってうまくいくようにできると――」

「あとでな」ジョニーが言った。「悪いな、おっさん……」

ジョニー・フレッチャーはトッドの手を自分の腕から引きはがして、扉の開いたエレベーターに突進した。トッドはあとを追おうとしたが、サム・クラッグがぶつかるようにしてその脇を通ったので、トッドはバランスを失った。トッドが体勢を立て直す前に、サムはエレベーターの中に飛び込み、扉は閉まりかけていた。

「二十七階」ジョニーが言った。

二十七階に到着すると、すりガラスのドアに次のような文字が刻まれていた。

二七〇〇～二七一〇　　ボイス出版社
『怪力男デクノボー』
　社長　マット・ボイス

中に入ると、そこはおよそ二十フィート四方の待合室になっていた。中央に大きなテーブルがあり、上等の革張りの椅子と高級そうなスタンド式灰皿が置かれ、『怪力男デクノボー』の絵が壁のあちこちに貼られていた。サムがそれを嫌そうに眺めている間に、ジョニーは小さな窓に近づき、トントンと叩いて注意を引いた。

窓の向こう側で、電話交換手の若い娘が手を伸ばして、ガラスを数インチだけ開けた。

「マットに会いたい」ジョニーが言った。

「どの……？　ミスター・ボイスのことですか？　お約束はありますか？」

「ジョニーが来たと伝えてくれ――ジョニー・フレッチャーだ」

娘はレシーバーを持ち上げて、送話口に向かって話した。「ミスター・ジョニー・フレッチャーとおっしゃる方がミスター・ボイスにご面会です……かしこまりました。そのようにお伝えします」

彼女は険しい目つきでジョニーを見上げた。「申し訳ありませんが、ミスター・ボイスはお会いできないとのことです」

「アハハ」ジョニーが言った。「愉快なやつだな、マットは。いつも冗談ばっかりだ。直接乗り込むとするか……」

そして右側のオーク材のドアに手を伸ばしたが……ノブが回らない。「鍵がかかってるぞ！」

「そうですよ」娘はそう言ってガラス窓を閉めた。

ジョニーはポケットから硬貨を一枚取り出すと、それでガラスを乱暴に叩いた。娘は嫌な顔をして見せたが、それでもガラスを再び開けた。「おわかりになりませんか？」

「ああ！」ジョニーが叫んだ。「マット・ボイスに、いますぐ会いたいと伝えるんだ……話したいことがあると伝えてくれ。そう、『タウン・トランペット』の件で……」

「申し訳ありませんが……」

「『タウン・トランペット』」ジョニーがぴしゃりと言った。「それだけ伝えれば、こっちの指示に従うはずだ。さっさと伝えたほうが身のためだぞ」

娘は眉をひそめてためらったが、電話をつないだ。「こちらのミスター・フレッチャーが、ミスター・ボイスとお話ししたいと言い張っています。帰ってくれません。なんでも用件は……『タウン・トランペット』のことだとかで……えっ?」彼女は目をぱちくりさせて、ジョニーを見上げた。

「お会いになるそうです」

娘が交換台のボタンに触れると、ジョニーのすぐ近くのドアからブーンという音がした。ノブを触ってみると、今度は回った。

「右側の一番奥のドアへどうぞ」

ジョニーとサムは長い廊下を歩いていった。途中に開いているドアがあり、広い部屋の中に大勢のアーティストが画板の前で背中を丸めているのがちらっと見えた。そしてマット・ボイスの執務室に着くと、およそ十フィート四方の控えの間があり、そこにボイスの個人秘書がいた。間違いなく、ボイスの妻が選んだ秘書だろう。

「ミスター・フレッチャーですね?」

「サム・クラッグもいるぞ!」

「お入りください」

ジョニーはすでに奥のドアを開けていて、そこには〈ユニオン・リーグ・クラブ〉(名門社交クラブ)の読書室のような部屋が広がっていた。少なくとも、広さと革張りの肘掛け椅子の数は同じくらいだ。だが、長椅子が二つと、長さ五フィートの非常に立派なバーカウンターもある点は、こちらのほうが上だった。

マット・ボイスは、巨大なチーク材の机の向こう側にある玉座に腰掛けていた。唇をきつく結び、目は冷ややかだ。「その『タウン・トランペット』とやらはなんの話だ?」彼は声を荒げて尋ねた。

「『タウン・トランペット』だって?」ジョニーはなに食わぬ顔で尋ね返した。

「おまえがあの子に言ったんだろう、『タウン・トランペット』についてわたしと話がしたいと……」

「『タウン・トランペット』? ああ——おれはあの子に、ここに来るようあんたに頼まれて、ぴゅっとその機会に飛びついたことについて話したんだ。あの子は聞き違えたんだな。わかるだろ? "頼まれて、ぴゅっと"って言ったのさ。『タウン・トランペット』ってのはなんのことかな?」

マット・ボイスは立ち上がりかけたが、すぐにまた椅子にどさっと座った。「なんの用なんだ?」

「いや、知らないね。あんたが今日会いに来てくれって言ったんだぞ。覚えてるだろう……ゆうべのことだが?」

「あれは警官が来る前の話だ。いまはおまえに話すことがあるとは思えない」

「ないのか? でも、もしエグバート・クラドックが殺されてなかったら、なにを話すつもりで……」

「クラドックだと!」ボイスが叫んだ。「クラドックについて、なにを知ってるんだ?」

「あれ、ソーダーストロムの本名じゃないのか?」

ボイスは一瞬ジョニーをじっと見つめてから、口を開いた。「マディガン警部補は、クラドックの名前を口にしなかったぞ」

「あいつは狡猾だからな。だが、ソーダーストロムの身元は指紋で確認したわけで、その指紋はクラドックのものとして保管されてるはずなんだから、そりゃ知ってるさ」

マット・ボイスはレターオープナーを手に取り、それをもてあそんだ。ジョニーは大きな肘掛け椅子に腰を下ろし、両手で三角を作った。

ボイスは、結局うなずいた。「おい、ゆうべマディガンに事件の解決を手伝ってやったとか言ってたな？　彼も半ば認めていたが——なあ、探偵だったことがあるのかね？」

「ただの素人さ。でも、かなりセンセーショナルな事件が警察をひどくまごつかせたとき、解決してやったことが何度かあるのは認めてもかまわないがね」

ボイスは鼻で笑った。「おまえの欠点に謙虚さは含まれていないんだな」

「そりゃそうだろう？　自分の良さを人に教えなかったら、どうやって知ってもらうんだ？　あんただって『デクノボー』の良さを人に教えてるんじゃないか？」

「それはちょっと違う話だが、まあ聞かなかったことにしよう。わたしのために調査をする気はないかね？」

「うーん」ジョニーが言った。「やりたいのは山々なんだが、当然ながら本業から時間を割かないといけないわけで、ご存じのように、そっちの実入りがかなりいいんだよ」

「どれくらいいいんだ？」

「ゆうべは、わずか数分間で百二十八ドルも稼いだんだ」

ボイスはうめいた。「あれは例外だ。そんなに実入りがいいわけがない。でなければ、〈四十五丁目ホテル〉なんぞで暮らしてないはずだろう」

「ケン・バリンジャーだってあそこで暮らしてるぞ」

「ああ、だからそう言ったんだ。あいつがどれだけもらっているか知ってるからな」

ジョニーは咳払いをした。「たまたまなんだが、あのホテルの支配人がおれの古い友達なんだ。もしニューヨークであのホテル以外のところに泊まったら、彼はひどく気分を害するだろう。そういうわけで……」

「一日あたり二十五ドル支払おう」

「ミ、ミ、ミスター・ボイス！　そいつは残念だな」ジョニーが言った。「さっきも言ったように、おれは私立探偵が本業じゃない。それでだ、一日に二十五ドルか五十ドル程度で、なにを探偵にやらせることができるのかね。うすのろ探偵なら、そうだな、ビル・カーネガンとかジェファースン・トッドとかなら話は別だが——」

「ジェファースン・トッド？　知り合いなのか？」

「ああ、大昔から知り合いさ！　たしかあいつは、手押し車からリンゴを盗んだガキをつかまえてたな」

「それでおまえは、彼があまり優秀な探偵ではないと思ってるんだな？」

「いや、一日二十五ドルで雇えるレベルとしては平均的だよ。それより良くもないが、悪くもない。どうして……？」

「気になっただけだ。おまえの時間はどれくらいの価値があると思ってるんだ？」

「それは事件の種類によるね。エグバート・クラドックを殺した犯人を見つけてほしいんだろう？」

「違う」

ジョニーは目をぱちくりさせた。「違う？　じゃあ、いったい……？」

「引き受けると決めたら教えてやる。一日あたり五十ドル払おう」

「おれたち二人にそれぞれ？　うーん……」

「一人だけだ。デクノ――いや、クラッグについて、わたしはなにも知らないんだぞ？」

サムがにらみつけた。「サミュエル・C・クラッグだ」

「わかった。二人まとめて、一日あたり七十五ドルだ」

「いや、百だね」

「七十五だ」

「じゃあ、七十五――ただし、仕事が片付いたらボーナスとして五百ドル」

ボイスはためらったが、うなずいた。「それで手を打とう。期限は三日間だ」

「三日もあればじゅうぶんだ。じゃあ、依頼料を……」

ボイスは机の引き出しを開けると、札束を取り出した。そこから二枚を抜き取り、そしてポケットに手を突っ込んで、二十ドル札一枚と五ドル札一枚を出した。

彼は机の上に金を置いた。「これで三日分だ。ボーナスは、約束を果たしてもらったあとで払う」

ジョニーは金の上で手をひらひらさせてから、ぱっとつかんだ。「結構結構。さて、調査してほしいちょっとしたことというのはなにかな？」

「妻と離婚するための証拠だ」

ジョニーはがっかりして叫んだ。「離婚問題なんて扱ったことないぞ」

ボイスは冷ややかに彼を見た。「おまえの言った値段を承諾したじゃないか？　おまえはわたしの金を受け取った――だから、なにを頼まれようと実行するのがおまえの責任だ。さあ、わたしが欲しいのは、妻が――まあ、不貞を働いているという証拠だ。相手はダン・マーフィー」

「マーフィーじゃないとだめなのか？」

「せっつかないでくれ、フレッチャー。妻がダン・マーフィーと恋仲だと信じるだけの理由はある。だから裁判で使える証拠が欲しいんだ」

サム・クラッグが重苦しく息を吐いたので、ジョニーはそちらにさっと目をやった。サムはものすごい顔でにらんでいた。ジョニーはため息をついた。「離婚手当の計算を早速始めてくれよ、ミスター・ボイス」

「よし、三日以内だ。結果を期待しているぞ」

「まかせてくれ。うーん、エグバート・クラドックの死には関心がないのか？」

「クラドックという名前の知り合いはいないね。ハル・ソーダーストロムは殺されたが、その件は警察が調べている。わたしがおまえを雇うのは、それ以外の理由だ。わかったな？」

ジョニーは答えなかった。彼はドアの前まで行き、振り返って敬礼をしてから、ドアの外へ出た。ボイスの秘書のいる部屋から廊下へ出たとき、ジョニーがジム・ワイルダーとぶつかった。前夜のパーティーで出会った相手だ。

「やあ！　来てくれるんじゃないかと思ってたよ」ワイルダーが叫んだ。彼はサム・クラッグを品定めする目で眺めてから、よしというようにうなずいた。「さあ、こっちに入って……」

ワイルダーがひょいと入ったのは、アーティストたちが画板に向かって背中を丸めている例の部屋だった。

「みんな」ワイルダーが叫んだ。「これが前に話した人だよ。デクノボーの実物だ！」

サム・クラッグの顔は、すでに怒りで険しくなっていた。彼はドアのほうへ逃げようとした。「ちくしょう、黙れ！」

「みなさんにおまえの筋肉を見せてやれよ、サム」ジョニーが言った。

「ああ、ぜひ頼むよ」ジム・ワイルダーが促した。「そのために今日、ここへ来てほしかったんだ。うちの連中の絵は少々ぎこちなくて、解剖学的な描写がおかしいと思うんだよ。だから、きみをモデルに写生させてもらいたい……いろいろなアクションポーズで」

「それは名案だ」ジョニー・フレッチャーが言った。「きみたちにとっては、大金を払う価値があるんじゃないか？」

「もちろん、モデル代は払わせてもらうつもりだよ。ハリー・ヘイルに相談して……」

「話は聞いた」ハリー・ヘイルが、横のドアからアーティストの部屋へ入ってきた。

「なあ、どう思う？　デクノボーの離れ業のいくつかは、蠟細工の果物程度しか真に迫っていない。ほら……！」ワイルダーはブリストル紙を一枚さっとつかみ取った。「これを見てくれ。デクノボーが砲弾に当たってひっくり返るところだ。おがくず人形みたいに見える。現実味が必要なんだよ」

「オーケー」ハリー・ヘイルがにやりとして言った。「彼に豹の毛皮を渡して始めてもらおう。一時間五ドルだ」

　サム・クラッグは部屋から逃げ出した。ジョニーはハリー・ヘイルのほうを向いた。

「おいおい、冗談だろう。一時間五ドルなんて！　〈パワーズ〉に行けば、それ以上稼ぐモデルが大勢いるぞ。サムが世界一の怪力男なのは、あんただって知ってるはずだ。ゆうべの余興を見たんだから……」

「だから、一時間五ドルと言ってるんだ。断ってほしいからね」

「ひどいや、ハリー！」ジム・ワイルダーが叫んだ。「知ってるだろう、ケンがまた酔っ払って――」

「あいつが酔っ払ってるのはこれが初めてじゃないし、いつも締め切りには間に合ってる」

「ああ、もちろんさ、でも——」

「ボイスに相談するんだな」ヘイルがぴしゃりと言い返した。

ジョニーは、アーティストたちをさっと身振りで示した。「ケンが絵を全部描いているのなら、ここにいる連中はなにをしているんだい?」

「背景の描き込みさ。それと色塗り。ケン・バリンジャーは命を吹き込む描き手(アニメーター)なんだ」

「アニメというと、ドナルドダックみたいな?」

ハリー・ヘイルは苦笑いをした。「昔は一冊全部、ケンが描いていたんだ。それに、仕事ぶりも一流だった。だが当然ながら、月産六十四枚のペースは維持できなかった。いまはわれわれが隣の部屋でストーリーを書いて、それを適当な数にコマ割りする——一ページ六コマだ。次にケンが、デクノボーやその他の登場人物のアクションシーンの下絵を描く。ここにいる連中の一人がその下絵にペン入れする。ほかの連中が背景を描き込む——すべて最初に計画してあるんだ。別の連中が色塗りをして、吹き出しを入れる。そのうちの一人が吹き出しの中にセリフを書き込む。すべてがきちんと組織化されている。『デクノボー』は絶対に締め切りに遅れることはない。たとえケンがたまに飲み過ぎたとしても。われわれにはうまく対処することが可能だし、いざとなればアクションシーンだってわれわれだけで描ける。とはいえ、ケン・バリンジャーほど上手に描けるやつは誰もいないわけだがね」

「それについては同意するよ、相棒」ジョニーが言った。「ケンはたしかにきちんと仕事をしている。さぞかし大金を稼いでるんだろうな」

「彼は毎月の給料日には、ここにワゴンを持ってくるのさ。大金を運んで帰れるようにね」ヘイルは皮肉っぽく言った。「さて、これから仕事があるんでね。またいつか立ち寄ってくれよ、フレッチャー」

「ああ、そうさせてもらおう。いつか、あまり長居のできないときにね」

第九章

廊下で、サム・クラッグが低い声でぼやいた。「あのヘイルとかいうやつ、気に入らないな」

「おれだって別に、あんなやつは兄弟みたいには好きじゃないよ、サミー。でも、人はありのまま受け止めるしかないのさ」ジョニーは待合室へ続くドアを開けたが、そこで後ずさりした。

「フレッチャー」ジェファースン・トッドが言った。「話があるんだ」

「いいとも、ジェフ。いつか電話をくれたら、そのとき会って話そうぜ」ジョニーはトッドのそばをかすめるように通り過ぎて外の廊下へ出たが、そこでトッドに追いつかれてしまった。サムが素知らぬ顔でトッドにぶつかり、長身で痩せ型の私立探偵は倒れそうになったものの、それでもあきらめようとはしなかった。

「ボイスがなんのためにおまえを雇ったのか知りたいんだ、フレッチャー。おれたちが互いに誤解して動いたら、なんにもならないだろう?」

「そうだな。でも、おまえとおれは動く方向が違うんだ。おれの情報を聞いても、おまえにはなにもわからないかもしれないぞ」

「どんな情報だ?」トッドが熱心に尋ねた。

ジョニーは肩をすくめた。「まあ、いま教えられるのは、ここでビルを眺めてるおまえは、時間を無駄にしてるってことだ。彼は来ないよ」

「でも、来るって言ったんだぞ！」

「人は心にもないことをいくらでも言うものさ。じゃあ訊くが、彼はどうして来るんだ？」

「もし来なければ、どうやってボイスと連絡をとるつもりなんだ？」

「ほう」ジョニーは言った。「でも、ボイスの帰宅後は誰が引き継ぐんだい？」

「ボディガードがいるだろう」

「ふむ」ジョニーは言った。「ボイスがくれた写真は鮮明だったか？」

トッドは胸の内ポケットに手を伸ばそうとしたが、はたと思いとどまった。「おまえにもくれたんじゃないのか？」

「ああ、でもホテルに忘れてきた。同じやつかどうか、確かめてみよう」

トッドは、いくらか色あせたスナップ写真をポケットから取り出した。そこには三人の男が写っていて、腰までの長靴などを身につけた釣り人の格好をしている。中央の男はボイスで、十年前のボイスだった。ボイスの左にいるのは大柄で筋肉質の男で、その顔にジョニーは見覚えがあった。以前に見たことがある――〈四十五丁目ホテル〉のトランクの中で。それがハル・ソーダーストロム、昔の名前で言えばエグバート・クラドックだ。

三人目の男は、ダン・マーフィーだった。

ジョニーはスナップ写真をサムに手渡した。「同じスナップ写真だよな？」

「えっ？　あ、ああ、もちろん。そうだとも」

「おまえは会ったことがあるんだろう、ジョニー？」ジェフ・トッドは期待を込めた口調で尋ねた。

ジョニーは口をすぼめて、ゆっくりとうなずいた。

「どこで?」トッドが叫んだ。「いつ?」

「あとで教えてやるよ、ジェファースン」

「なぜ、あとでなんだ? いま教えてくれてもいいだろう。時間が重要なんだぞ、おい!」

「もちろん。だからこそ、おれがこの角度で調べたあとでおまえに教えるほうが、早く片付くんだよ。どこのホテルに泊まってるんだ?」

「〈バグリー〉だ。おまえは?」

「いつもの〈四十五丁目ホテル〉だよ。今日の午後五時ごろに立ち寄ってくれ」

「わかった。だが、いま教えてくれても……」

「だめだ。じゃあ、五時に。下ります!」ジョニーはその階に止まっていたエレベーターへ向かった。彼とサムはなんとか間に合ったが、トッドはあとに残った。

一階のロビーに到着したとき、サムが言った。「あんた、ジェフ・トッドをだましたんだな。なんであいつは、ここでマーフィーを待ってるんだろう? こんな人目につく場所で離婚の証拠が手に入るはずがないのに」

「苦労して手に入れたいんだろう」ジョニーが言った。「おれたちは、手っ取り早い方法を使おうと思う。鍵穴からのぞいたりせずに」

「へえ?」

「ルルの好みは、でかくてたくましい男だ。おれがおまえと彼女を引き合わせて、おまえらの写真を撮れば——報酬はおれたちのものだ。どうだ?」

サムの目がきらりと光った。「うまくいくかもな。彼女、いい感じだし」

「はあ？　本気で言ってるのか？」

「なんでだい？　わかるだろう、おれの好みは……」

「ああ、そうだな」ジョニーは思いやり深く言ってやった。「ルルにはあとで電話でもかけるとしよう——今日の午後に。ホテルで会いたい人が何人かいるんだ」

「ジル・セイヤーか？」

「それから、七一七号室に泊まってるやつだ」

「ケン・バリンジャーのことか？」

「いや、あいつは上の階のどこかだ」

「あんたがエディー・ミラーに尋ねてたやつのことだな。スウェーデン人みたいな名前の」

「ジョンスンが全員スウェーデン人とは限らないぞ。こいつの話はまだおまえにしてなかったな。ゆうべ、ジルの部屋の中をこっそり見てたとき、そいつが入ってきたんだ——鍵を開けて」

「どこで鍵を手に入れたんだろう？」

「それを訊きたいのさ」

このころには、二人はもうグランド・セントラル駅に着いていて、地下鉄への階段を下りてシャトル列車に乗り込み、タイムズ・スクエアまで行った。数分後、二人は四十五丁目へと道を曲がった。〈ディンキー・マグワイアズ〉が近くなると、ジョニーはくるりと向きを変えて、入口を目指した。サムが抗議し始めたが、ジョニーは無視して狭い店内に入った。

そのときは店が暇な時間だったので、バーカウンターに数名の客がいるだけだった。客はケン・バリンジャーのまわりに集まっていて、かの漫画家は国際情勢について酔った口調で文句を言っていた。

「やあ、ケン!」ジョニーが陽気に声をかけた。「一杯どうだい?」

ケンは、梟のように目をぱちくりさせてジョニー・フレッチャーを見た。

「誰だ? 知らないやつだな」

そして次に、サム・クラッグを見た。

「デクノボーだな? 自分が強いと思ってるやつだ。なあ、いいか、よくよく考えたんだが、やっぱりおまえはそんなに強くないと思う。それどころか、身の程を思い知らせてやろうと思ってるんだ。さあ来い、構えろ!」

「うひゃあ!」サムが叫んだ。「なんてやつだ!」

「おい!」バーテンダーが呼びかけた。「ここで手荒な真似はやめてくれ。あんたたち、昨日のことは覚えてるぞ」

「今日は手荒な真似はなしだ」ジョニーが言った。「なあ、バリンジャー、おれたちはいまボイスに頼まれた仕事をやってるんだ。つまり、おれたちは仲間ってことだろう?」

「ボイスに言われておれを探しに来たのか?」

「まあ、そんなところだ。実際にあんたのことを話してたのはハリー・ヘイルだがね。心配してたぞ」

「いやいや! ハリー・ヘイルが心配してるのは自分のことだけさ。あのちょろまかし野郎」

「それに、ジルも心配してたぞ」

ケンの顔に苦悩の表情がよぎった。「彼女に言われてここに来たのか?」

ジョニーはケンをじっと見つめて、それからうなずいた。その瞬間に、バーテンダーが野球のバットでバーカウンターを叩いた。

「おい、そこの二人。昨日はここで大騒ぎを起こされたが、もう二度と騒ぎはごめんだぞ。とっとと帰ってくれ」

ケン・バリンジャーがくるっと振り返った。「誰に向かって口利いてんだ、この薄汚え……」

サム・クラッグはケンを脇の下から抱え上げると、ドアまで連れていった。そして歩道に下ろしたが、両腕はつかんだままで、さらに前へと歩かせた。ケンは激しく毒づいていたものの、サムがズボンの尻をひと蹴りして黙らせた。ジョニーはサムとケンの後ろをゆったりと歩いていたが、〈四十五丁目ホテル〉の中に入ってからは距離を縮めた。そしてエレベーターに乗り込むと、こう言った。

「七階！」

「十一階だ！」ケンが叫んだ。

「七階だ」ジョニーはきっぱりと繰り返し、彼らは七階で降ろされた。ジョニーは七二一号室のドアをコンコンと叩いた。

ジル・セイヤーがドアを開けた。その顔にいらだちの表情が浮かんだ。「場所を間違えたようね。ここは地下鉄のタイムズ・スクエア駅じゃないわよ」

「彼が厄介なことにならないように、ここへ連れてきたんだよ」ジョニーが言った。

「自分の面倒くらい見られるぞ」ケンは不機嫌そうにつぶやいた。

「あんたのボスたちは、そうは思ってないようだな」ジョニーが陽気な口ぶりで言った。「ほかの誰かを雇ってデクノボーを描かせようとしているぞ」

「やってみればいいさ。おれはマット・ボイスを意のままにできるんだし、やつもそれはじゅうぶんわかって――」

「ケン！」ジル・セイヤーがきつい声で言った。「喋りすぎよ。上へ行って、少し眠って酔いを覚ましたらどう？」

「おれは平気さ。ほんの数杯飲んだだけだし、マット・ボイスにおれのことを小突き回せると思われるのは、もううんざりなんだ。あいつを叱りつけてやりたいぐらいだよ。おれは秘密を知ってるんだからな」

「トランクの中の秘密か？」ジョニーが尋ねた。

ジル・セイヤーが怒りに燃えた目を彼に向けた。「自分のことをさぞ賢いと思ってるんでしょうね、ジョニー・フレッチャー。あなたとその手口についてどう思ってるか、言ってやりたいくらいよ。人のことに口出しするのはやめたらどう？」

「これはおれのことでもあるんだよ。誰かが死体をおれに押しつけてきて、でもそれは、もともときみの持ち物だったんだぜ。覚えてるだろう？」

「そんなの嘘よ！」

「おまわりに追及されたとき、たれ込むことだってできたんだ。やらなかったがね。それについては、少しは認めてくれたっていいだろう」

「あなたがわたしの知る誰よりもひどい嘘つきだってことは認めるわ」

ジョニーは気を悪くしたふりをした。「おれはあんたのボーイフレンドに親切にしてやろうとしたんだぞ。彼をいじめてるのはマット・ボイスだけじゃない。ダン・マーフィーだって――」

「マーフィー！」ケンが叫んだ。「なんであの薄汚いストリップ屋が出てくるんだ。あいつに会ったら、四十二丁目を端から端まで蹴飛ばしながら歩いてやる。わからないのは——」

「ケン！」ジル・セイヤーが前へ出ると、彼の顔に平手打ちを食らわせた。ひっぱたかれたケンは一瞬、間の抜けた顔でジルを見つめた。そして泣き出した。それはゆっくりと進行した。最初は口と下顎がぶるぶる震え、次に涙が頬にぽろぽろとこぼれ落ち、最後に全身が震えて、泣き崩れたのだ。

「ここから出てって」ジル・セイヤーがジョニー・フレッチャーを怒鳴りつけた。

サムはすでに後ろ向きに外へ出ていた。ジョニーは肩をすくめてから、エレベーターへと歩き出した。彼は下行きのボタンを押した。

「上だよ」サム・クラッグが言った。

赤いランプが扉の上に点灯した。ジョニーはサムをエレベーターの中に押し込んだ。

ロビーに到着すると、ジョニーはサムをドアのほうへ歩かせた。サムはうなるように言った。「さっきのあれは、どういうつもりだったんだ、ジョニー？」

「喋るんだよ。相手を怒らせて、口を割らせるのさ。ケン・バリンジャーは秘密を知ってると言っている。ボイスとマーフィーの両方の弱みを握ってるんだ」

「ゆすりみたいな話だったな」サムが言った。「おれは、ゆすりを働くやつはあんまり好きじゃないんだ」

「おれだってそうだよ。だが、モート・マリが言ってただろう、マット・ボイスは『タウン・トランペット』のオーナーだったって。もしそれが事実なら、ゆすられて当然だ」

「それでも、おれはそういうのは好きじゃないな。ボイスが好きだとは言えないけど、金をもらったのはたしかだし――」

「その通り。おれたちはあいつのために働いてるわけで、それだからこれから出かけるのさ。ダン・マーフィーを探すんだ。どうやらヌード映画の仕事をやってるらしい。バリンジャーはストリップ屋と言ってたし、四十二丁目を蹴飛ばしながら歩いてやるとも言ってたから、そこで探すべきだろうな」

「ああ、でも、七番街と八番街の間だけでも、映画館が一ダースはある」

「そこまで多くはないぞ。そう見えるだけさ。すぐに見つかるだろう」

第十章

二人はブロードウェイへと曲がり、四十二丁目に近づきつつあった。ジョニーは新聞スタンドの前で立ち止まった。「よう、あんちゃん」彼は新聞売りに挨拶をした。「なあ、ダン・マーフィーに会いに行くところなんだが、どこの映画館に出入りしてるのか忘れちまったんだ」

「エロい映画を見せるとこだよ」新聞売りが答えた。「〈ポン・ポン〉だ」

「ありがとよ、恩に着る」

二人は西へ曲がって四十二丁目に入り、安っぽい映画館を二つ通り過ぎて、〈ポン・ポン〉にたどり着いた。

ジョニーはチケット売り場の前をさっさと通過して、もぎりに近づいた。「ダン・マーフィーに会うために、中に入りたいんだが」

「どうぞどうぞ」もぎりが答えた。「まずはチケットを買ってくれよ」

「いや、映画を見に来たわけじゃないんだ――」

「ハハハ」もぎりは面白くもなさそうに笑った。

「じゃあ、ダン・マーフィーにここに来るように言ってくれないか」

「ここを離れるわけにはいかないんでね。チケットを買うか、そうでなきゃ消えてくれ」

ジョニーは小声でなにやらつぶやいてから、チケット売り場へ戻り、チケット二枚の代金を払った。そして、それをもぎりに突き出した。

「さあ、ダン・マーフィーの部屋はどこだ?」

「中に入ってすぐの左側だ。だが、いまはいないよ。外に出ている」

「いつ戻ってくる?」

「知らないね。おれはここで働いてるだけだから。一分後かもしれないし、一時間後かもしれない」

「待とうぜ、ジョニー、待ったっていいよな?」サムが尋ねた。

ジョニーはサムの熱心な口調に気づき、やれやれと首を振った。「わかったよ、サミー」

二人は館内に入った。古すぎて色あせているため画面に縞の入った映画が上映中だった。ジョニーとサムは、通路側の後ろのほうに席を見つけた。

映画は二十分ほど続き、その後に客席の照明がついた。「ダンが戻ったかどうか見てくるよ」ジョニーが言った。彼は立ち上がり、マーフィーの部屋へ向かった。ドアに鍵がかかっていた。

彼はサムの隣の席に戻り、次に古いヌード映画が始まった。

ジョニーは再び席を立った。今度は、ダン・マーフィーの部屋のドアが開いていた。マーフィーは机の向こう側に座っていて、山高帽をかぶったまま、火のついていない葉巻を嚙んでいた。

「やあ、マーフィー」ジョニーが挨拶をした。

マーフィーは顔をしかめたが、すぐにジョニーが誰か気づいた。「本のセールスマンだな。そう、あんたのことを考えてたんだよ。あんたとあの助手の出し物は悪くなかったな。あの豹の毛皮も、かなり似合ってたし」

「デクノボーそっくりだっただろう。ところで、あんたもデクノボーと昔かかわりがあったんじゃないのかね？」

マーフィーは顔をゆがめた。「あれはわたしが作り出したんだ」

「本当かい？　マット・ボイスのアイデアだと思ってたんだが？」

「いやいや！」マーフィーはあざけるように言った。「ボイスが作り出したものなんて、ほかの誰かのアイデアに強引に割り込む手口ぐらいさ。わたしがデクノボーを発見して、百万部突破まで導いたんだ。そこへボイスが入り込んできて、わたしから彼を奪い取った」

「それほど売れていたのに、なんでそんなことになったんだ？」

「そこが腹の立つ話なんだよ。わたしはその四、五年前から細々とコミックスを出版していた。飢え死にしそうになりながらも、印刷所のおかげでなんとかなっていた。そういうことをやってくれるんだよ。たとえ彼らの取り分は三分の二しかなくても、印刷を続ける価値はあるんだ。店頭の欠品を補うために。とにかく、わたしはわずか五万ドルの負債を抱えていた。『怪力男デクノボー』があと半年続けば、それも帳消しになるはずだった。ところが、ボイスがうまい仕事の噂を聞きつけるとどうなる？　印刷所の株を買い込んで、わたしに圧力をかけてくるのさ。そしてわたしを追い出して、『怪力男デクノボー』を乗っ取る。半年後、やつは印刷所のオーナーになっていた。わたしを裏切ったのは、あのあくどいハリー・ヘイルだ。あいつがまだシャツを洗濯に出す金がなくて、タートルネックのセーターばかり着ていたころに拾ってやったのに」

「ヘイルはあんたの部下だったんだな？　バリンジャーもだろう？」

「ああ、もちろん。あいつはいいアイデアをもっていたが、その使い方を知らなかった。代わりにわたしが、うまく形にしてやったんだ」

「デクノボーは本当にバリンジャーのアイデアだったのか?」

「ああ、そうさ、でも、アイデアなんてどこにでも転がっている。バリンジャーはデクノボーをあちこちに売り込みに行った。新聞シンジケートにもはねつけられた。かなり素人臭い出来だったからだ。わたしが作品を膨らませて、もっとしゃれた絵に描き直させてから、漫画を売り込んだ。ほかの出版業者なら、しくじっていたんじゃないか」

「で、いまのあんたは、ヌード映画館を経営してるわけだ」

マーフィーはジョニーをじろりと見返した。「なんだと?」

「いや、おれたちみたいに頭の切れる連中がいつも競争に負けて、馬鹿なやつらがぼろ儲けするのは、おかしな話じゃないか?」

「ああ、まったくおかしな話さ。だが、マット・ボイスが馬鹿だとは言ってないぞ。とんでもない。あいつはあんたとわたしを足したよりも切れ者だ。しかも、あくどいときてる」

ジョニーは舌なめずりをした。「仕事の上ではな。でも、あんたは仕返ししてるだろう。ほら――ゆうべだって」

「それがどうかしたか?」

「いや、おれも赤毛が好みなんでね」

マーフィーは険しい目つきになった。「ルルのことを誤解してるぞ。ボイスとは離婚する予定なんだ」

「本当かい?　でも、そのためには、まあ、亭主の家を出る必要があるんじゃないのかね?」

「そうだ」マーフィーは腹立たしげに答えた。「さて、ボイスが知るべきこととして、ほかにはなにが聞きたいんだ?」

「ボイスだって?」

「あんたは探偵だろう?　ゆうべのいんちき口上なんかじゃ、わたしの目はごまかせないぞ。でなければ、なんで今日ここへ来たんだ?」

「友達が脚線美(レッグ)ショーを見たいと言い出したんだよ」

「ショーならあっちでやってるぞ」

「オーケー、マーフ。わかったよ」

ジョニーはロビーを横切って客席に入ったが、そこは大騒ぎになっていた。サム・クラッグも拍手をして、口笛を吹いていた。ジョニーが肩を叩いてもサムは気づかず、二度目にようやく振り返った。

「行くぞ、サム」ジョニーがきつい口調で言った。「もうじゅうぶん見ただろう」

「じゅうぶん?　まさか、まだショーは始まったばかりだぜ」

「おまえのショータイムはもう終わりだ。これから図書館へ行って、お上品に読書をするんだ――おまえの頭から、こういうものを一掃しないとな」

サムは立ち上がり、ジョニーと一緒にロビーに出たが、かなり不満そうだった。「図書館でなにが見られるっていうんだよ?」

「おれたちは仕事中なんだ。レッグ・ショーを見ても金にならないだろう」

二人は映画館を出ると、通りを渡って市内横断バスに乗り込み、五番街でバスを降りて、巨大なニューヨーク公共図書館に入った。

ジョニーは館内の案内所で質問し、定期刊行物の閲覧室への行き方を教えてもらった。閲覧室では、係員が驚いた顔でジョニーを見た。

「『タウン・トランペット』ですか？　そのファイルはいま持ち出し中ですね」

「持ち出し中？　部屋からは持ち出せないと思ってたんだが」

「ええ、通常はそうなのですが——」

「ジョニー・フレッチャー！」マディガン警部補の声がした。

ジョニーがくるっと振り返ると、マディガン警部補が少し離れたところの机に向かって座っていた。手元に雑誌をとじたものが何冊も積み重ねられていて、一冊は彼の前に広げられていた。

ジョニーが近づいた。「『タウン・トランペット』？」タイトルを読み上げた。「面白い雑誌だよな？」

「うん、まあ。おまえは『リトル・レディーズ』のバックナンバーでも読みに来たんじゃないのか？」

係員が近寄ってきた。「お静かに願います。ここは閲覧室ですので」

ジョニーはにやにや笑った。「こいつはおまわりだよ。静かにしろとは言えないだろう」

マディガン警部補は係員をにらみつけた。それから、ジョニーに向かってうなるように言った。

「すると、この件に首を突っ込んでいるんだな？」

「切手を集めるのが趣味の人だっているだろう。クラドックはなぜムショ行きになったんだ？」

「クラドック？」

「おいおい、おれだってそんなに後れはとってないよ、警部補。クラドックはソーダーストロムのことだ。『タウン・トランペット』の編集者だった。でも、誰をゆすってたんだ？　つまり、あいつが犯人だと証明した人物だ」

「スミッスンという名の女性だ。クラドックはついてなかったのさ。ゆすりを始めたんだが、けりをつける前にこのご婦人の浮気が亭主にばれてしまったので、ゆすりはどうでもよくなって、ご婦人はその怒りをクラドックにぶつけたというわけだ。でも、今回の件に彼女は関係ないぞ。六年前にカウボーイと結婚しているからな」

「じゃあ、スミッスンのご亭主は？」

「その後に財産を失って、窓から身を投げた。だから、彼もクラドックに手出しはできなかったはずだ」

「すると、誰がやったんだ？」

「だから、いまこれを読んでいるのさ。でも、もうやめようとしているところだ。『タウン・トランペット』の最終号が出たのは七年近く前だ。そこに名前の出ている人の多くはまだ生きてるが、問題なのは、あまりにも多すぎて全員を調べるには何カ月もかかるということだ。しかも、ゆすりが動機とも限らんのだからな」

「いま重要なことを言ったな、マディ。もしクラドックが七年前に刑務所にぶち込まれたのなら、塀の外に出てからもう四年も経つ。なんで四年も待つ必要がある？」

マディガンは眉をひそめた。「おれもそう思っていたんだ。だが、どんな可能性も無視したくなかったからな。おい、おまえはなにをたくらんでるんだ？」

「ボイスに訊けば、いろいろ教えてくれるんじゃないか」

「ああ、いまでもゴムホースを使って手荒な尋問ができればな。でもいまはやらないし——それに、百万長者にそんなものを使ったことはない。ともあれ、ボイスはものに動じないやつだ」

「女房がいるぞ。ボイスと離婚しようとしている女房がね」

マディガンが目を輝かせた。「いつから離婚しようとしてるんだ?」

「今日からだと思う」

「それなら、まだじゅうぶん腹を立ててる最中だな。ふーむ、女房なら喋るかもしれんな」

「女は喋るさ」ジョニーが言った。

ルル・ボイスのことはちらっと見かけただけだったが、どういう人間かは瞬時に判断がついた。マディガンは、ルルが言いたがっていることしか聞き出せないだろう。それ以上は無理だ。だが、マディガンはしばらくそれに忙殺されるはずだ。現時点ではマディガンのほうがジョニーよりも一歩先を行っているので、ジョニーとしては追い越す必要があった。

マディガンは本をまとめて、カウンターに戻した。彼はジョニーとサムと連れ立って、図書館の外に出るドアまで歩いた。

「おまえたちは、これからどっちへ行くんだ?」

「ホテルに帰ろうと思ってる」ジョニーが言った。「どうやら雨が降りそうだし、ホテルに戻ればレインコートかなにかがあるからな」

たしかにジョニーとサムはホテルに帰ったが、自分たちの部屋には、かなり古びたレインコートを取りに行っただけだった。ジョニーは腕にレインコートを掛けたまま、少しの間ためらった。

ようやく、彼は納得してうなずいた。

「レインコートを着るんだ、サム。あと、帽子のつばを下げろ。それから、怖い顔をしろ。いいぞ！さあ、これでおまわりそっくりだ。口は閉じたままでいて、おれがおまえに目をやったら、必ずうなるんだぞ」

「誰をだまくらかすんだい？」

「ミスター・トミー・ジョンスンさ、七階の。気になって仕方がないんだ。どうしてジル・セイヤーの部屋の鍵を持っていたのか。彼女のボーイフレンドは、ケン・バリンジャーのはずなのに」

「うわあ。そんな女だとは思ってなかったな」

「おれもさ。だから……怖い顔をしろ！」

第十一章

二人は七階に下りて、七一七号室へ向かった。ジョニーがドアをドンドンと叩いた。応答がなかったので、彼はもう一度ドアに手荒なマッサージを施した。

ドアが数インチ開いて、トム・ジョンスンが顔を見せた。サム・クラッグがドアを乱暴に開けてジョンスンを押し込み、サムとジョニーは部屋の中に入った。ジョンスンのむっつりした顔におびえの色が浮かんだ。

「おい、どういうつもりだ?」

「トム・ジョンスンだな?」ジョニーがぶっきらぼうに尋ねた。

「ああ、だがあんたたちは……?」

ジョニーはサムに目をやり、サムはものすごく怖い顔をした。ジョニーが言った。「どこの出身で、このホテルにいつから暮らしてる?」

「ここに来て三週間ぐらいになる。自宅はアイオワだ」

「なぜニューヨークに来たんだ?」

「決まってるだろう? 仕事を探しに来たんだ」

「アイオワに仕事はないのか?」

ジョンスンはじれったそうな身振りをした。「ぼくの性に合った仕事はないんだ。ぼくはアーティストだ。漫画家なんだよ」

ジョニーは部屋の中を見回した。「画板はどこにある？」

「持ってきてない。雑誌の仕事を探しに来たんだ。ちょっと待てよ。あんた、ゆうべ、ジルの部屋にいたやつじゃないいか。警官のふりをしようったって——」

「おまえは彼女の部屋でなにをしてたんだ？」ジョニーが有無を言わさぬ口調で言い返した。

「別になにも。ジルは友達だ。あんたのことを話したら、あんたは警官なんかじゃないと言ってたぞ」

ジョニーはサムに目をやり、サムは猛烈に怖い顔をして、大きくうなった。「ミス・セイヤーがそう言ったのか？　彼女がいま面倒なことになっているのを知ってるのか？」

「面倒なことになんかなってないぞ」ジョンスンがかっとなって答えた。「それに、なんの権利があってそんな質問をしてくるんだ」

「昨日、このホテルで男が殺された。だから全員に質問をしているんだ」

「だから、なんの権利があって質問するんだよ？　ジルはあんたが警官じゃないと言ってたのに」

「ああ、違うとも。では、彼は（サムを指差して）何者だと思う？」

ジョニーの後ろでドアがバーンと乱暴に開けられて、ジル・セイヤーが、怒りに燃えた目で部屋に入ってきた。

「この人は頭の鈍い二流ボクサーよ。そしてジョニー・フレッチャー、あなたは無礼で詮索好きなでしゃばり男よ。もう二度と言わせないでほしいんだけど、わたしのことに口出ししないで」

トム・ジョンスンはさっと前に一歩足を踏み出すと、右の拳を後ろに引いた。

「じゃあ、やっぱりおまわりじゃないんだな？　それなら……」

ジョンスンは拳を突き出した。ジョニーはよけようとしたが、ジル・セイヤーにぶつかってしまった。拳はジョニーの額の上のほうに当たった。

ジョニーはうめき、頭を低くして、前に踏み込んだ。だが、反撃は間に合わなかった。サム・クラッグがすでにトム・ジョンスン青年を持ち上げて、六フィート先のベッドの上に投げ飛ばしていたのだ。そして、サムは手をパンパンとはたいた。

「もう大丈夫だ、ジョニー」

ジョニーはジル・セイヤーを見た。彼女は冷ややかな顔をしていた。ジョニーは肩をすくめ、そばを通り過ぎた。そしてエレベーターへ向かい、あとからサムがついてきた。エレベーターを待っているとき、ジョニーは七二一号室のドアにちらっと目をやった。ドアは閉まっている。

ジョニーは深く息を吸うと、前に足を踏み出して、ドアノブを回してみた。ドアが開いた。彼は部屋の中に首を突っ込んだが、すぐに引っ込めた。

「なんのつもりなんだい？」サムが尋ねた。

「バリンジャーを追い払ったのかどうか知りたかっただけさ。もういなかったよ」

エレベーターの扉が開き、二人は乗り込んだ。ロビーへ到着すると、ジョニーはレインコートのポケットから小冊子を取り出した。全十六ページで、『ナショナル・ブックハンター』という題名だった。

「どこで手に入れたんだ？」サムが叫んだ。

「いや、拾っただけさ」

ドアにたどり着き、ジョニーが外を眺めると、強い霧雨が降りしきっていた。彼は小冊子をぴったり閉じてから、手を離した。六ページと七ページの間に、折り返した跡があった。

その二ページを見てみた。それぞれ、一番上に見出しが書いてある。〝探求書〟という見出しで、業者によるリストが下に記されていた。六ページにはリストが四つあり、七ページには二つあった。

この六つのリスト以外は、すべてニューヨーク市外に店を構える業者のものだった。ニューヨーク市内の業者で最初に載っていたのは、グリニッジ・ヴィレッジの業者だ。だがもう一つの業者は、西四十丁目に店があった。リストは次のような内容だった。

ホックマイヤー書店　ニューヨーク市西四十丁目
ブラウアー著『ピアノ独習教本』
ボズワース著『内陸部油田の地質』
J・H・バース著『安全マッチ』
ライマン著『ロールストン同盟』
アイオワ州シェルロック『シェルロック・ハイ＝ウェイ』一九五二年六月号（高校新聞）

「なんだこりゃ？」サム・クラッグが尋ねた。

「業界誌だよ。珍しい本を扱っている業者向けだろう。さあ行こうぜ、雨でも問題ない」

ジョニーは霧雨の中に足を踏み出した。二人はブロードウェイまで歩き、南へ曲がった。タイムズ・スクエアで七番街に入り、四十丁目まで歩いて右へ曲がった。角から百フィート歩いたところに細長い本屋があった。

「ここだ」ジョニーが言った。

二人は店の中に入った。正面にテーブルがあり、数百冊の本が三冊一ドルで売っていた。左右の壁沿いに本棚が並んでいたが、新しい本はごくわずかだった。

店内に客は一人もいなかった。店の中ほどで、信じられないほど太った男が机の向こう側に座り、スウィンバーンの詩集を読んでいた。

ジョニーが呼びかけた。「ミスター・ホックマイヤー?」

「ああ」太った男が、ぜいぜい息をしながら言った。「勝手に見て回ってくれ。気に入ったのがあったら、そのとき値段を訊いてくれ」

「いいね、でも、おれの探しているものはないかもしれないな」

「それはなんだ?」

「十年ぐらい前に発行された、高校の校内新聞なんだ」

ホックマイヤーは詩集を下に置くと、ジョニー・フレッチャーからサム・クラッグへと視線を移した。「なるほど。アイオワ州シェルロックの高校新聞かな?」

「その通り」

「でも、それがどうかしたのか?」

「そのことを尋ねるつもりだったんだよ。この『ナショナル・ブックハンター』によれば、その高校新聞を探す広告を出しているだろう?」

「そうだよ。その広告は四度出した」

「それで、成果はあったのかい？」

「ああ」

「その新聞が手に入ったんだな」

「ああ」

ジョニーは咳払いをした。「誰からの注文だったんだ？　注文した人物の名前は？」

太った本屋も咳払いをした。「ここでやっているのはまっとうな商売だ。もし珍しい絶版本や定期刊行物が欲しいという人がいれば、わたしはそれを手に入れるために努力する。相手の事情は問わない。さっきの新聞を手に入れてくれと頼んできたのはエグバート・クラドックと名乗る男で、知っているのはそれだけだ」

「でも、特徴は説明できるんじゃないか？」

「そういうことは、あまり得意じゃないんだ。人を観察するたちじゃないんでね。まあ、中肉中背といったところか。年は四十か四十五あたりかもしれない」

「でも、住所は教えてもらったんだろう？」

「トルコ・ビルディングだ」

「悪くないな」ジョニーが言った。「観察するたちじゃないというわりには、ささいな取引についてずいぶんいろいろ覚えているもんだな」

「いや、覚えているのは特別な理由があるからだ。ほんの一時間前にすべて調べたばかりなんでね」

「えっ？　どうしてまた？」

「別の探偵が……背が高くて痩せていて、セイウチみたいな口髭の――」

「ジェファースン・トッドだ！」サム・クラッグが叫んだ。

「驚いたな」ジョニーが声をあげた。「すべて話したんだな？」

「あんたに話したのとまったく同じことをね。あの探偵はクラドックの写真を持っていた。昨日殺されたそうだな。妙な話だが、昨日の午前中に新聞を渡したばかりだったんだ。なかなか手に入らなくてね。高校新聞なんてとっておくものじゃないし、ああいう辺鄙な場所では本の業界誌を読んでいる人なんか見つからない。実を言うと、別の業者を通じて買わざるを得なかったんだ。値段をずいぶん高く吊り上げられたよ」

「いくらだ？」

「七十五ドルだ。それをクラドックに請求するしかなかった。当然ながら、取引には利益を出さなければならない。ウォータールー（アイオワ州北東部の都市）の業者はたぶん二十五ドルで買い取ったんだろう」

「その業者の名前も、痩せこけた探偵に伝えたのか？」

「ああ。ラングフォードだ。かなり信頼できる業者だ。格付けも高い」ホックマイヤーはスウィンバーンの詩集を手に取った。「ほかになにかあったら――」

「これでだいたい話は済んだと思う」

ジョニーはため息をつき、サムと一緒に店を出た。雨はやんでいたが、歩道はまだ濡れていた。

「おれがこの事件に関してとんでもなく鈍いのかな」ジョニーはサムに愚痴を言った。「それとも、ほかのやつらは内部情報を手に入れているんだろうか」

「誰から？」

「ボイス……ヘイル……バリンジャー。みんなクラドックの知り合いだ。マーフィーだって」

「ああ、でも、あのガキ――ジョンスン――はどんな関係があるんだ?」

「あいつはアイオワ州から来た。シェルロック高校に通ってたのかもしれないぞ」

「じゃあ、新聞のことを知ってるはずなのか!」

「知ってるかもしれないし、知らないかもしれない。あいつとはもう一度話をすべきだと思うんだが、いまごろ人間嫌いになっちまってるんじゃないかな」

「おれがあいつを喋らせてやるぞ」

ジョニーは首を横に振った。二人はもうタイムズ・スクエアまで来ていた。ジョニーは四十二丁目の東方向を見て、顔をしかめた。やがて結局、肩をすくめると、北のほうを向いて通りを渡ろうとした。

第十二章

車がホーンを鳴らしたので、ジョニーはあわてて飛びのいた。二度飛び跳ねて歩道にたどり着いたとたん、足を滑らせてコンクリートの上にばったり前のめりに倒れた。なにかが裂ける音は聞こえなかったが、右の太腿全体がひんやりと濡れた歩道に触れるのを感じ、急いで立ち上がった。

彼は悔しさのあまりわめいた。ズボンが太腿から膝下まで裂けていたのだ。

「なんてこった！」サム・クラッグはその裂け目を見て叫んだ。

「タクシーを禁止する法律があってしかるべきだな」ジョニーは苦々しげに言った。「あの野郎、車を止めようともしなかった。おれはどうすりゃいいんだ？　スーツがすっかり台無しじゃないか」

「うひゃあ、ミスター、ひどい目に遭ったな」通行人が同情して声をかけてきた。

ジョニーがさっと周囲に目をやると、一ダースほどの人々がすでに集まっていた。

「あっちへ行け」ジョニーは怒鳴りつけた。「見世物だとでも思ってるのか？」

そしてくるりと向きを変えて、レインコートを体に巻きつけながら、大股で歩いて通りを渡った。サムがあとからついてきた。「四十四丁目に仕立て屋があるよ」サムが言った。

「これは直せないだろう。それに、この泥を見ろよ。新しいスーツを買わないと――それか、せめてこの上着と無理なく合わせられるズボンを買わなくちゃならない。上着がかなり古いから、古着のズボンじゃないとまずいな。早速……」ジョニーは立ち止まり、タイムズ・ビルディングをじっと見た。そしていきなり、低く口笛を吹き始めた。「なんとかうまくいくかな。うん、ズボンはもう台無しなんだから、やってみて損はない。そうさ――どうせピーボディは、近頃ずいぶん気取ってやがるわけだし」

サムの顔に心配そうな表情が浮かんだ。「なにをたくらんでるんだい、ジョニー？　その顔つきは――うわあ、困った目に遭うようなことはしないでくれよ」

「新しいスーツが必要なんだ」ジョニーは断固として言い張った。「だから、手に入れてやるのさ。行くぞ！」彼はサムを連れてタイムズ・ビルディングに入り、階段を下りて地下鉄の駅へ向かった。回転木戸(ターンスタイル)を通り抜けてトイレに入ると、ジョニーはレインコートをすばやく脱ぎ、ズボンも脱いだ。そしてポケットを空にして、中身を上着のポケットに入れた。サムは不安げにそれを眺めていた。ジョニーが破れたズボンの膝から下を切り離すように裂き始めたとき、サムは残念そうに悲鳴をあげた。

「なにやってるんだ、ジョニー？」

ジョニーはズボンの片方を引き裂き終えると、平然と反対側に取りかかった。「あのままでも、もうはけなくなってただろう？」彼は容赦なく引っ張って、こちらの片方も膝下で引き裂いた。そして、長さ一フィート程度のズボンの膝下部分の一番上に、それぞれ穴を開けた。次にハンカチを裂いて細長い紐状にすると、紐の一方の端で左右の膝下部分をつなぎ合わせて、もう一方の端をサスペンダーに結びつけた。

その後、ズボンの膝下部分だけをはき直して、上からレインコートを着た。ボタンをきちんと留めて、姿勢を正す。「どうだい、サミー？」彼は尋ねた。

「ちゃんとして見えるよ」サムは疑わしげに答えた。「でも、もしコートの前がぴらっと開いちまったら……」

「そうならないよう注意するさ。よし、さあ行こうぜ」

「その格好で外に出るのかい？」

「風は強くないだろう？」

「そうだけど……」サムはうめいた。「好きにしてくれ。もし、あんたがおまわりにつかまったら、おれは逃げるからね」

二人は地下鉄の駅を出て、階段を上ってタイムズ・スクエアに戻った。

「さて、これからおまえのやるべきことを言うぞ、サム」

四十五丁目へ向かって歩きながら、ジョニーが説明を始めた。

「ホテルのロビーに着いたら、フロントへ行き、そこにとどまって、みんなの人目につくようにするんだ。もしエディー・ミラーが近くにいたら、雑談しろ。おまえには完全無欠のアリバイが必要だから——」

「アリバイって、なんの？」サムがびっくりして叫んだ。「なにをやらかすつもりなんだい？」

「いまにわかるさ。おまえは知らなければ知らないほどいいんだ。おおいに驚くことができるから。忘れるなよ、人目につかない場所には、一瞬たりとも行かないように……」

二人は四十五丁目へと曲がり、ホテルに近づいた。中に入ると、ジョニーが低い声で言った。

「ピーボディがいるぞ。あいつのそばから離れるな……これはこれは、ミスター・ピーボディ、外はちょっとじめじめしているねえ？」

ピーボディは鼻であしらった。「雨が降っているときは、じめじめして当然でしょう」

「ああ、まったくだ。さてと、急いで部屋に戻って熱い風呂につかるとするよ」サムをピーボディのそばに残して、ジョニーはエレベーターに乗り込んだ。

サム・クラッグは咳払いをした。「なあ、ミスター・ピーボディ、おれがミズーリでドッグ・ファームを相続した話は、もうしたっけ？」

「いいえ」ミスター・ピーボディが言った。「ですが、それほどたいしたことのようには思えませんが……」

「いや、そこが間違いなんだよ、ミスター・ピーボディ。あそこには、あんたがいままで見たことないほど上等なセントバーナード犬が、二百頭もいたんだ。それから、敷地の広さはなんと四十エーカーもあって、立派な屋敷も建っていた。いやあ、初めて見たときは、こいつはいいやとたしかに思って――」

「では、なぜそちらで暮らすことにしなかったんです？」

「なぜって、犬どもが餌をたくさん食い過ぎるからさ。考えてみろよ！　ワン公が二百頭もいて、その一頭一頭が毎日、五ポンドの餌を食うんだぜ――合計二分の一トンだ」

「その話は、またいずれうかがいましょう――ほかにすることのないときに。では、そろそろ失礼して……」

「ちょっと待ってくれ」サムが必死で叫んだ。「訊きたいことがあるんだよ」

「なんでしょう？」

「えーと、大事なことなんだ。いや、そんなに大事でもないんだけど」

「それはだな、えーと、あの、その……」

「なんだと？　どういう意味だ？　おれがなにを訊こうとしてるか、まだ知らないくせに。それはだな、えーと、あの、その……」

「ミスター・ピーボディ」フロント係が呼びかけた。「お電話に出ていただけませんか？　あの——八二一号室のミスター・フレッチャーからです」

ピーボディはサム・クラッグに冷ややかな目を向けて、フンと鼻であしらった。「わたしは忙しいと伝えてくれ」ピーボディはフロント係に言った。

フロント係は、首を横に振った。「直接お話しなさったほうがいいと思います、ミスター・ピーボディ。先方はかなりご立腹なので。誰かにズボンを盗まれたそうです」

「なんだと？」ピーボディは目をぱちくりさせてから、急いでフロントへ一歩近づき、受話器を取った。

「今度はなにをくだらないことを言ってるんですか、フレッチャー？」ピーボディは電話口で叫んだ。「なんですって……？　そんな馬鹿な。いいえ！　勘弁してくださいよ……そんなことは許せません。絶対にだめです。逮捕してもらいますよ。いえ、だめですってば！　いますぐ行きますから！」

ミスター・ピーボディは受話器を叩きつけるように置くと、顔をゆがめながらサム・クラッグのほうを向いた。「あなたのお仲間ときたら。これはもう……ホテルから追い出してやりますよ」

「あんた一人でやれるのか？」サムが喧嘩腰で挑発した。

ピーボディはくるりと向きを変え、エディー・ミラーに合図をした。「エディー、一緒に来るんだ。それからあなたもですよ、クラッグ」

「どうかしたのか？」サムは平然と言い返した。「頭がおかしくなっちまったのかい？」

「そうじゃなくて、フレッチャーが……ああ、もう！　エディー、上に着いたらドアのそばに立って、なにも持ち出されないよう見張ってるんだぞ――なに一つだ。わかったな？」

「はい、ミスター・ピーボディ」エディー・ミラーはおとなしく答えた。その後、サムと目が合うと、ウィンクをした。

エレベーターから降りた三人は、一団となって八二一号室へ向かった。

「よし行くぞ、エディー！」ピーボディがきつい口調で言った。そして手を伸ばすと、部屋のドアをドンドンと叩いた。

ドアはすぐにぐいっと開いて、ジョニー・フレッチャーが現れた。ジョニーはシャツに縞模様のパンツ一丁という格好だった。髪は濡れていて、顔はまだ水気でぴかぴか光っていた。

「このホテルはいったいどうなってるんだ、ピーボディ？」開口一番、ジョニーは怒鳴った。「客がバスルームに入って風呂につかり、風呂から上がってみれば、どこかのズボン泥棒が部屋に侵入して、ズボンを盗んだあとだった。ここはなんなんだ――泥棒の巣窟か？」

「ミスター・フレッチャー」ピーボディが、鼻の穴を膨らませながら言った。「声を小さくしてください。ほかにもお客様がいらっしゃるんですから」

「客じゃなくて泥棒だ！」ジョニーがわめいた。

「あなたのズボンなど、誰が盗むものですか」ピーボディが冷ややかに言った。「どこかに置き忘れたんでしょう――もしわたしが見つけたら、後悔することになりますよ」

「どうぞ見つけてくれよ！」

ピーボディは部屋に入り、バスルームの中をさっと見回したあと、まっすぐ窓に向かった。窓から顔を突き出すと、八階下の中庭を見下ろす。顔を引っ込めたとき、唇を嚙んでいた。

彼は両手両膝をついて、ベッドの下を見た。次に、大きなトランクの中と、一つしかないクローゼットの中も調べてみた。最後に、ベッドをばらばらにして、マットレスを持ち上げた。

そのときにはもう、汗をかき始めていた。「ここにあるはずですよ、フレッチャー」怒りを込めて言う。「どこかに隠したんだ」

「おれの気が狂ったように見えるかい？　どうして隠すんだ？　おい……ちょっと待て。たしか、金がいくらか入ってた――」

「まさか」ピーボディが悲鳴をあげた。「そんなこと言い出さないでくださいよ。ホテル側としては所持金まで責任をもてません。どのドアの裏にも書いてあるでしょう、貴重品は下のフロントに預けて……」

「ズボンもか？」ジョニーは上着を拾い上げると、脇ポケットに手を突っ込んだ。そしてうめいた。「金はここにあったよ。あんた、運が良かったな。でも、ズボンはどうなる？」

ピーボディは歯を食いしばり、四つん這いになって敷物をなで始めて、膨らみがないことを確かめた。そしてバスルームに入り、出てきてから部屋の中を再び調べ始めた。だが、ジョニーのズボンは、どこにも見つからなかった。

とうとうピーボディはあきらめた。

「わかりました。ここにはありません」しぶしぶ認めた。「申し訳ありませんが、それだけの話です」

「おれはどうすればいいんだ？」ジョニーが叫んだ。「ズボンはあれしかないんだぞ。おれがスーツを二着も持ってる百万長者だとでも思ってるのか？　このホテルに泥棒を入れたのはあんたの落ち度なんだから、責任をとってもらうからな」

ピーボディは両手をはたいてゴミを払った。「申し訳ありませんが、当ホテルに責任はございません」

「そんなはずないぞ。あんたを訴えてやる――」

「十ドルのズボンのために？　なにを馬鹿げたことを」

「十ドルなもんか。あのスーツは七十五ドルの価値があって、ズボンがなければ上着だって役立たずになっちまうんだ」

「無理なく合わせることのできそうなズボンを買えば……」

「どうやって？　いまはくズボンもないのに」

「サム・クラッグに買いに行ってもらえばいいでしょう」

「ああ、もちろん行くよ、ジョニー」サムが申し出た。

「だめだ」ジョニーが言った。「サムに買いに行ってもらうことはできない。なぜなら、おれが行かせないからだ。ズボンが盗まれたのはホテルの落ち度なんだから、新しいスーツが手に入るまでこの部屋を出るつもりはないぞ」

ピーボディは忍び笑いをし、「しばらく経てば、お腹が空きますよ」と言ってドアのほうへ歩いた。

「やっぱりやめた」ジョニーがにこりともせずに言った。「いますぐロビーに下りることにしよう――この格好で」

「まさかそんな。逮捕させますよ！」

「やってみろよ」ジョニーがぴしゃりと言い返した。「おまわりを呼んでこい。そしたらおれは、この格好のまま署に連行されるしかないわけだ——新聞記者のガキどもが、こんないいネタに気づかないとあんたが考えてるなら、大間違いだぞ。面白い記事になるだろうな。『〈四十五丁目ホテル〉で宿泊客のズボンが泥棒に盗まれる』」

ピーボディは、自分の額をぴしゃりと叩いた。「ああ、こんな目に遭うなんて。いったい、わたしがなにをしたというんだ？　どうしていつもこのホテルに来るんです、フレッチャー？　あなたがいないときは、まったくもって平和な場所なのに」

「ここはドアが開けっ放しだから、風が入ってくるな」ジョニーが言った。「ロビーに下りようと思う」

「やめなさい！」

ジョニーはピーボディを無視して、廊下に足を踏み出した。エディーがおどけた顔でジョニーを見た。ジョニーはエレベーターのボタンを押した。「下りるぞ！」

ピーボディが部屋から飛び出してきて、ジョニーの腕をつかんだ。「頼みますよ、フレッチャー、そんなこと——」

「新しいスーツはもらえるのか？」

「いえ——新しいズボン一本で」

「だめだ、絶対にスーツを一着だ。さあ、下りるぞ……」

赤いランプが頭上で点灯し、ピーボディは大あわてでジョニーの腕を引っ張った。「わかりました、わかりましたよ」

「サム！　おれのサイズは知ってるな。あまり時間をかけるんじゃないぞ。これから三十分待って、もしスーツがそれまでにここに届かなければ、おれはロビーに下りる……」

エレベーターの扉が開き始めたので、ジョニーは自分の部屋にさっと戻った。そうしたのは幸いだった。エレベーターの中には、女性が二人乗っていたのだ。

ロビーに下りると、ピーボディはポケットからカードを一枚取り出し、そこになにやら書き込んだ。

「これを持って〈ハーンズ〉へ行きなさい。わたしがスーツを買っている店です。すぐそこの角にあります。それから、いいですか――上限は五十ドルですよ」

「五十だと？」サムが尋ねた。「五十ドルじゃあ、たいしたスーツは買えないぞ」

「それが、わたしの着るスーツの値段ですよ。それでわたしにじゅうぶんなんですから――」

「ジョニーにはじゅうぶんじゃないぞ！　あんたがなんて言ったか、伝えてきたほうがいいかもしれないな」

「だめです！　それでは六十五まで出しましょう。でも、それ以上は無理です」

「オーケー、兄弟」サム・クラッグが言った。「でも、ジョニーは納得しないと思うぜ」

彼はカードを自分のポケットに入れると、ブロードウェイにある〈ハーンズ〉の大きな店まで歩いた。「おれの友達に、かっこいいスーツを買ってやりたいんだ」サムは店員に言った。「身長は五フィート十インチで、体重は百七十ポンド。痩せこけてるわりには、肩がかなりがっちりしている」

「サイズは三十六ぐらいですな」店員が言った。「さあ、こちらに上等な生地のものがありますよ」

「いや、それじゃ陰気すぎるな。もうちょっと粋なやつはないのか？」

「粋ですか？　では、こちらへ。さあ、これは上等なブリティッシュ・ラウンジ・モデルですよ。もしかすると、少しばかり、その、ビビッドすぎるかもしれませんが」

「ビビッドってどういう意味だ？　おれは粋なやつが欲しいんだ」

ちょうど三十分が過ぎようとするころ、サム・クラッグが八二一号室のドアを開けると、シャツとパンツ姿のジョニーがツインベッドの片方の上で長々と寝そべっていた。

「おお、買ってきたか」ジョニーが起き上がりながら叫んだ。「いいやつを選んでくれてるといいんだが」

「素晴らしいのを買ってきたよ」サムが答えた。「ピーボディが六十五ドル以上はだめだと言ったんだけど、七十ドルまで上げて、しゃれたスーツを買ったんだ。さあ、見てくれ……！」彼は包みの紐を引きちぎると、中から上着を取り出した。

「なんだこりゃ！」ジョニーはぞっとして叫んだ。

「気に入っただろ？　気に入ってくれると思ったんだ」

「返品してこい」ジョニーがわめいた。「そんな派手なスーツ、ハーレム（マンハッタン区北部の地区）の闘鶏場にだって着て行かないぞ。見た目がうるさくて、八マイル離れても聞こえてきそうだ」

サムは気を悪くした様子だった。「派手？　どっちかと言えば粋だと思うけどな。この格子縞は最新流行だって店員も言ってたんだ。あーあ、おれが自分で欲しいくらいなのに」

「返品してこい。目が痛くなる。みんなにじろじろ見られずにおもてを歩けるような服を買ってきてくれ」

サムはうんざりしたようにため息をつくと、スーツを箱に戻した。エレベーターで一階に下りた彼は、ロビーでピーボディに出くわした。ピーボディはスーツの箱をじっと見つめた。「どうしたんですか、サイズが合わないと文句でも言われたんですか？」

「いや、サイズはぴったりだと思うんだが、ちょっと派手すぎるんじゃないかって言われたんだ」

「あの人にとって派手すぎるスーツがあるとは思いませんでしたよ。ちょいと拝見」

ピーボディは箱の角を持ち上げて、中をのぞき込んだ。そのとたん叫び声をあげると、上着を箱から引っ張り出した。そして自分の目の前に掲げて、勝ち誇るように大声で言った。

「ほう！　これを交換したいと言ってるんですな？　まあ、あなたがここを出た瞬間にわたしは電話に駆け寄って、〈ハーンズ〉に交換しないよう伝えますよ。欲しかったスーツが手に入ったんだから。色についてはなにも約束してませんしね。これを着せなさい。いい教訓になるでしょうよ」

「つまり、スーツを交換させてくれないってことか？」

「まさに、そう言ったんです」

「でも、このスーツは七十ドルしたんだ。もっと安いのに交換できるかもしれないけど？」

ピーボディが強欲と復讐心の間で葛藤する心の内が顔に表れ、やがて復讐心が勝った。彼は首を横に振った。「いや、あの人がそのスーツを着るのを見るだけでも価値はある。それを持ってってやりなさい。わたしはもうこの件から手を引きます。スーツをもらったんだから、このまま着せなさい」

サムは八二一号室に戻った。「ピーボディが交換はだめだって言うんだよ。店に交換させないって」

ジョニーの目がきらっと光った
「いいだろう。あの虫けらにそんな勇気があるとは思わなかったな。わかった、その馬用毛布を着てやるから、ピーボディがおれを見るたびに目が痛くなるよう願うよ」

彼はスーツを着て、鏡に映った自分の姿を見て、顔を引きつらせた。

「サイズはぴったりだな」サム・クラッグが言った。「ところで、ジョニー、ズボンの脚の部分はどうやって始末したんだ？」

「細かく引き裂いて、トイレに流したのさ。どこかでパイプが詰まってくれることを願うよ。さて、早速出かけて、犬がおれを見て吠えるかどうか確かめようぜ」

ジョニーがドアを開けると、エディー・ミラーが倒れ込んできて、四つん這いで着地した。彼は起き上がり、悔しそうににやりと笑った。

「ちょうどノックするところだったんです」

「きっとそうだろうよ。鍵穴越しにハットピンを目に刺されたことはあるかい？」

「ご婦人はもう、ハットピンなんて使っていませんよ。この電話メモをお届けに来たんです。お留守の間に電話がありましたので」彼はメモ用紙をジョニーに向かって突き出した。

ジョニーはそれを読み上げた。「『ミスター・ボイスよりお電話がありました。五時に自宅へ来てほしいとのことです』」

「もう四時半です」エディー・ミラーが言った。「お知りになりたいだろうと思って」

「ありがとよ、エディー。いつか十セントやるから、忘れないよう言ってくれ」

エディーは、そのとき初めてジョニーのスーツに気づいたふりをして、まぶしがっているかのように目に手をやった。

「すごいスーツですね」

「だろう？　おれは粋な服が好きなのさ。まあ、氷水の中に薬を仕込むんじゃないぞ、エディー」

「そういえば、昨日なにか見たのを思い出しましたよ、ミスター・フレッチャー。ご興味があるとは思えませんが、お友達のマディガン警部補に教えてさしあげたら喜ばれるかもしれませんね。あなたご自身は、この事件には取り組んでいないようですし――」

ジョニーはエディーをじろりと見た。「それはなんだ？」

「いえ、実はそんなにすごく重要なことではないと思いますよ。昨日殺された男についてなんですがね」

「脅して聞き出さなきゃならないのか？」

エディーは得意げな笑みを浮かべた。「やっぱり、あまりよく思い出せないかもしれません」

ジョニーはエディーをにらみつけたあと、ポケットから一ドルを取り出した。エディーは、たいして興味なさそうにその金を見た。ジョニーはもう一ドル追加した。

エディーが言った。「だんだん思い出してきました。もしあなたが、もうちょっとだけ記憶を呼び起こしてくれたら――」

「知りたい記憶は二ドル分だけだ。マディガンはおまえに金なんか払ってくれないぞ」

エディーは金を受け取り、さっさとしまい込んだ。「七階にお客を案内していたときに、例のソーダーストロムが七一七号室へ入るのを見たんです。ジョンスンも一緒でした」

「それで？」

「それだけです。ドアが閉まったので。わたしが昼食に行く直前の出来事でした――十二時に昼食をとるんです。新聞によれば、そのあたりの時刻に殺害されたはずだとか」

ジョニーは考え込むようにうなずいた。「昨日より前に、ソーダーストロムをホテルで見かけたことはあるか？」

「ええ、もちろん、週に一度か二度はここに来ていました。いつもケン・バリンジャーと一緒でしたよ。名前は知りませんでしたが、顔は知っていました」

「ありがとうよ、坊や、恩に着る。その情報は秘密にしといてくれ。いつかまた、ごほうびの骨をくれてやるからさ」

　エディー・ミラーはにやりと笑い、部屋を出た。ジョニーとサムはすぐそのあとを追い、ベルボーイと一緒のエレベーターで一階に下りた。ロビーに着いた二人がドアに向かおうとしたちょうどそのとき、ジェファースン・トッドが変装したままの姿でホテルに入ってきた。

　ジョニーがうめいた。「なんでここへ来たんだ、ジェフ？」

「五時に来てくれって、おまえが言ったんだぞ。覚えてないのか？」

「ああ、もちろん覚えてるさ。でも、先約があるのを忘れてたんだ。あとにしてもらえないか？」

「いや、おれだってちょっとは詳しいんだ。ダン・マーフィーに関して一つ二つ質問したかっただけなんだが」

「四十二丁目の〈ポン・ポン〉劇場へ行けば、本人に会えるぞ」

「知ってる。おれもあそこへ行った。おまえも来たと言われたよ」

「ああ、じゃあ、あそこはおれのほうが早かったのか。おまえは珍しい本に興味があるそうだな」

「なんだと？　その角度から調べてるんだな？　なあ、じっくり話し合おうじゃないか」

「無理だね。さっき言っただろう、デートがあるのさ」

「おれもだ。ルル・ボイスとデートだよ。でも、それはあとでもいい。これは――」

「すまんな」ジョニーはトッドの脇をすり抜けた。「おれのデートの相手は、待ってくれないんだ」

彼は急いでホテルを出て、邪魔されないようにサムがブロックした。縁石のところで、ジョニーがタクシーに合図をした。彼とサム・クラッグが乗り込むと、ジェファースン・トッドも同乗しようとした。「タクシーの中で話そう——」

「鈍いやつだな」サムがうなるように言った。「きさまに用はないんだよ、わかったか?」

サムは大きな手をジェフ・トッドの胸に当てて、ぐいと押し戻した。

タクシーが動き出すと、ジョニーはマット・ボイスのイースト・リヴァーの住所を伝え、十五分後にはもうエレベーターに乗り込んでいた。

二人は最上階でエレベーターを降りて、階段を上ってペントハウスへ行き、ジョニーが呼び鈴を鳴らした。

応答がなかったので、さらに二度ほど鳴らした。そしてとうとう、ドアノブに手をかけた。ドアは開いていた。家の中に足を踏み入れた瞬間、ジョニーは惨事の予感に襲われた。

「気をつけろ、サム」彼はきつい口調で言った。「なにも触るなよ」

「誰もいないぞ」サムが言った。「ルルが家を出る前に、使用人を全員クビにしたんだろう」

「たぶんそうだな。マッティが新しい使用人を雇うのは難しい。でも、彼がここにいないのなら、なぜおれを呼んだんだ?」

二人は、前夜にパーティーの開かれた大きな部屋を通り抜けた。ジョニーは寝室のドアの前で一瞬ためらい、それからドアを押し開けた。

マット・ボイスは、分厚い敷物の上に横たわっていた。その目に生気はなく、口は開いたままだ。

彼は死んでいた。

第十三章

ジョニー・フレッチャーは勢いよく後ずさりして、サム・クラッグにぶつかった。押されてバランスを崩したサムの目に、床に横たわるマット・ボイスの姿がちらっと見えた。

「なんてこった！」サムはあえぎながら言った。

ジョニーは寝室のドアを引いて閉めた。「ここはおれたちのいるべき場所じゃないぞ、サミー。さっさとずらかろう」

「なにをぐずぐずしてるんだよ？」サムが叫んだ。彼は広い居間をものすごい大股で歩き出した。だが、ドアから十フィートの場所で急停止した。

「誰かいませんか？」呼びかける声がした。

「ジェファースン・トッドの声だ！」ジョニーがうめいた。

トッドはすでにドアを開けていて、居間にひょいと入ってきた。「ああ、ここにいたんだな、ジョニー。つけてきたんだ」

「なんでだよ？」ジョニーが耳障りな声で尋ねた。

「いや、おれもここに五時に来る約束があったんだ。それを言おうとしたのに、聞いてくれないから」

「マット・ボイスが来てくれと言ったのか?」

「事務所に伝言があったのさ。おれは一時間おきに事務所に電話してるから、秘書からその伝言を聞いたんだ」

「ボイス自身からの伝言だったのか?」

「さあ、どうだろう。おい、なぜそんなに質問ばかりするんだ?」

ジョニーは深呼吸をした。「寝室の中を見てみろよ」

ジェファースン・トッドは反射的に二歩ほど前に出たが、そこで立ち止まり、疑わしげに目を細めてジョニーを眺めた。「寝室の中に、なにがあるんだ?」

「マット・ボイスさ……しかも、眠ってるわけじゃない」

「どういう意味だ……?」

「仕事だよ。さっさと見てみろ」

「いや、おまえの言うことを信じよう……なんでそんなことやったんだ?」

「馬鹿言うな」ジョニーが怒鳴った。「おれがマット・ボイスを殺したんじゃない」

「おまえが殺したと言ったわけじゃないんだが、もうそろそろ失敬しようと思う」

「いや、そうはさせない」ジョニーが言った。

「失敬するよ」

サム・クラッグがくるりと向きを変えて、ジェファースン・トッドの横に立ち、ドアへ向かう道をふさいだ。

「おれのそばを通り抜けてみろよ、ジェフ」誘いかけるように言う。「前からきさまに一発食らわせてみたかったんだ」

トッドは上唇をゆがめた。「エレベーター係は、おれの前におまえらを案内した。あいつはそのことを覚えてるぞ」

ジョニーはため息をついた。「オーケー、善良な市民として振る舞うとしよう」

彼は部屋を横切って電話のところへ行き、受話器を取った。「警察へつないでくれ」そして少し経ってから、「マディガン警部補を頼む」と付け足した。

マディガンはほぼ即座に電話に出た。「マディガン警部補だ」

「あんたの助手のジョニー・フレッチャーだよ。なあ、ソーダーストロムことエグバート・クラドック殺しの犯人の、第一候補は誰だ?」

「警察は情報を言いふらさんぞ」マディガンが切り返した。「そんな馬鹿げたことを訊いてくるとは、どういうつもりだ?」

「いや、もしそれがマット・ボイスだとしたら、間違ってるぞと教えたかっただけさ」

「なんのことだ、フレッチャー?」

「ソーダーストロムを殺したのはボイスじゃないよ」

「それは、いつか本人が証明する機会が来るだろう。おい——なにが言いたいんだ?」

「おれはいま、ボイスの自宅にいるんだ。ボイスもここにいる——だが、死んでるよ」

「その場を動くんじゃないぞ!」マディガンがわめいた。

ジョニーは電話を切ると、ジェファースン・トッドを見た。「やつが来るまで、誰であろうと、この場を動くなとのことだ」

「じゃあ、おれを巻き込むつもりなのか」トッドがにらみつけた。「覚えとくからな」

「おれも覚えとく」ジョニーは長椅子を見つけ出して、そこにどっかりと腰を下ろした。

「待っている間、楽にしてたってていいだろう。おまえさんの大事件の話でもしてくれよ、ジェファースン」

けれども、ジェファースン・トッドは思い出にふける気分ではなかった。檻に入れられた動物のように、広い居間の中を行ったり来たりしていた。ジョニーはトッドが向きを変えるたびに、尻尾を振り回すシュッという音が聞こえるような気がした。

待ち時間は長くはなかった。十分もしないうちにマディガン警部補が部屋に飛び込んできて、カメラや機材を持った大勢の男たちがあとからついてきた。マディガンは一度だけジョニーを嫌な顔で見て、そのまま寝室に向かった。

彼は寝室に五分以上とどまったあと、外に出てきて、ゆっくりとジョニーに近づいた。「話をしろ」ぶっきらぼうに命じた。

「話？　いいとも。話は大好きさ。聞いたことあるかい、不動産屋の息子が、五千ドルする猫二匹を一万ドルする犬一頭と交換した話は——」

「やめろ！」マディガンが怒鳴った。「おまえをブタ箱まで引きずっていきたいのを、自制心でどうにかこらえているんだからな。なんでこんなところにいるんだ？」

ジョニーは、〈四十五丁目ホテル〉でエディー・ミラーから渡された電話メモを出して見せた。マディガンはそれにさっと目を通した。「こんなもの、自分で書くことだってできるだろう」

「〈四十五丁目ホテル〉では無理だよ。おれはあそこではそんなに好かれていないから。時刻はなんて書いてある？」

「三時五分だ。そのとき、おまえはどこにいた？」

「四十丁目の本屋だ。証明できる」

「あとで証明してもらおう……死後どれくらいですか、先生？」

黒い鞄を提げた男が、寝室から出てきていた。「二時間から二時間十五分ですな」

「すると三時？」

「その前後数分でしょう」

マディガン警部補は電話メモを叩いた。「この電話をした直後だな。またはその前だ。この電話をかけたのは、ボイスではないかもしれないんだから」

「それを思いつくとは賢いな、警部補」ジョニーがそっけなく言った。「犯人は死体を五時ごろ発見させたいと思ったので、トッドとおれに伝言をよこしたんだ」

「トッド？　あんたも伝言をもらったのか？」

ジェファースン・トッドは不満げにうなずいた。「三時を数分過ぎたころに、事務所に電話があったんだ。だが、警部補、まずは全員のアリバイを調べるべきだと思うんだが――」

「そのつもりだ。トッド、あんたは三時にどこにいた？」

トッドの顔が怒りでゆがんだ。「実を言うと、ちょうどそのときミセス・ボイスと話をしていた」

「おお、ミセス・ボイスと！」

ジョニーがマディガンにウィンクをした。「いいね。これでルルにアリバイがあるわけだ。彼女はいくら相続するんだろう。うーん、結局のところベイビーは、パパの元に戻るのかもしれないな」

「いったいなんの話をしてるんだ、フレッチャー?」

「いや、ただのひとりごとだよ。しばらく前に、ちょっとした噂を耳にしてね」

「ルル・ボイスの噂か? あの夫婦が別れたという話なら、もうとっくにあちこちで記事になってるが」

「へえ? でも、彼女はまだミセス・ボイスだぞ」

「わかった、その通り。それで、ベイビーがパパの元に戻るとかいうギャグはなんなんだ?」

「それがどうした?」

「おれを怒らせるなよ、フレッチャー」

ジェファースン・トッドが、小馬鹿にしたように鼻を鳴らした。「ダン・マーフィーとミセス・ボイスのことだよ。マーフィーは、ボイスが自分をだまして仕事を奪い取ったと主張している。夫人がマーフィーと再婚するかどうかは疑わしい。今日の午後にじっくり話を聞いたんだ。彼女はボイスに嫉妬させるためにマーフィーを利用したと言っていた。実は、亭主のことをまだ愛していたんだよ」

「おいおい、酔っ払いのざれ言かよ!」ジョニーが叫んだ。

トッドはジョニーを冷たい目で見た。「おれはたまたま、人を見る目があるんでね」

「ふん、馬鹿言え」サム・クラッグが割り込んだ。

「こらこら、おれたちは紳士なんだぜ」ジョニーがからかうように言った。「そして、ミセス・ボイスは淑女だ——百万長者の淑女さ」

「フレッチャー」マディガン警部補が言った。「一つお願いしたいことがあるんだが」

「いいとも、マディ。なんでも言ってくれ」

「なら、そのやかましい口を閉じて、さっさとここから出てってくれ」

ジョニーはたじろいだ。「この事件の捜査におれの助けは要らないのか？」

「いや、おまえがとっとと手を引いてくれるのが、一番助かるんだ。本でも売り歩いて――」

「わかったよ！」

ジョニーは指を一本立てて、サム・クラッグに合図をした。「来いよ、サミュエル！」

二人はマット・ボイスの自宅を出て、階段を下りてエレベーターに乗った。ロビーで降りると、ケン・バリンジャーとハリー・ヘイルがちょうど外からやってくるところだった。ジョニーはサムを肘でつついた。

「やあ、諸君、元気かい？」

ハリー・ヘイルはケン・バリンジャーの腕を支えていた――いつものように。そしてジョニーを見ると、冷ややかな笑みを浮かべた。「なにやら嗅ぎ回ってるそうだな」

「デクノボーだ」ケン・バリンジャーがだみ声で言った。「おまえをねじってプレッツェルにしてやれるやつ、知ってるぞ」

「連れてこいよ」サムが楽しげに促した。「おれの片方の腕は、おまえに押さえさせてやるぜ」

「ボスに会いに行くのかい？」ジョニーがなに食わぬ顔で尋ねた。

「ケンがね」ヘイルが言った。「わたしは面白半分についていくだけだ。ケンは仕事を辞めるつもりなんだとさ」

「辞めるさ。辞めてやる。辞めるとも」ケンが言い返した。「この一年ずっと考えてたことを、全部あいつにぶちまけてやる」

「そいつは面白そうだ。でも、あいにくマットは、もう話を聞いてくれないと思うけどな」

「聞かせるさ。おれはあいつに話を聞かせるやり方を、いくつも知ってるんだ」

「たとえば？」

「おい」ハリー・ヘイルが叫んだ。「いったいなにが言いたいんだ、フレッチャー？」

ジョニーはドアのほうを顎で指し示した。「外におまわりが大勢いるのを見なかったか？　あいつらがここでなにをしてると思ってるんだ？」

ケン・バリンジャーは梟（ふくろう）のようなしかつめらしい表情のままだったが、ハリー・ヘイルは息をのんだ。

「まさか、マットが……？」

「ビンゴ！」

「信じられない」

「おれが発見したんだ」ジョニーが言った。「そして、おれが発見するときはいつも、本当に死んでるのさ。でも、急いで上へ行けよ。マディガン警部補があんたたちを探す手間が省けるからな。じゃあ、また」

ジョニーは建物の外に出た。そして五十フィートほど離れてから、サム・クラッグに言った。「あの名コンビはかなりの役者だな。とくにケンのほうだ」

「へえ、あいつら知ってたのかい？」

「もし仕事を辞めるつもりなら、五時まで待ってからボスの自宅へ話をしに行ったりするか？　不俱戴天の仇敵が殺されたと聞かされた連中の顔を見るのが、おれは好きなんだよ。ひとまずホテルに戻って、ジル・セイヤーにこのニュースを教えてやろうと思ってる」

「ジルに？　おいおい、ジョニー。あの子はいい子だぞ。おれは好きだな」

「おれもだ。だからこそ、このゴタゴタから救い出してやりたいんだよ……。タクシー！」

十分後、ジョニーは〈四十五丁目ホテル〉の前でタクシーの料金を払い、ホテルに入った。

支配人のピーボディはフロントにいた。ジョニーの新しいスーツを眺めながら、にやにやと意地悪く笑っている。ジョニーは手を振ってやった。

「どうだい、ピーボディ、似合うだろ？」

「よくお似合いです！」

二人はエレベーターに乗って八階へ上がったが、八二一号室のドアの前でジョニーはサムと別れた。

「すぐ戻る」ジョニーは小走りで七階に下り、七二一号室のドアに近づいた。少しの間耳を澄ませたあとで、ノックをした。応答がなかったので、ドアノブを回してみた。ドアに鍵がかかっていた。

次に七一七号室のドアの前へ行き、同じ手順を繰り返したが、結果も似たようなものだった。彼は眉をひそめながら、八二一号室へ戻った。

「二人とも留守だったぞ、サム。はてさて、どうしたのやら……」ジョニーは受話器を取り上げた。

「ボーイ長のエディー・ミラーを頼む」

一瞬ののちに、エディー・ミラーの陽気な声が聞こえた。「氷水ですか、チーフ？」

「それはまた今度。ミス・セイヤーは、いつホテルを出たんだ？」

「はい」エディーが答えた。

「はい、だと？」

「はい。ホテルを出ました」

「わかったよ、お利口さん。彼女がホテルを出たのは知ってるんだ。出ていくところは見たのか？」

「はい」

「それは何時だった？」

「いま思い出そうとしているんです」

「やめないか」ジョニーが怒鳴った。「細かいことで、いちいちおれから金を巻き上げようとするんじゃない」

「いえいえ、金を巻き上げようとしたわけじゃないんですよ、ミスター・フレッチャー。ですが、近頃は不景気で、人は正直に少しずつ金を稼ぐしかないのです」

「おまえはいままで、ちっとも正直に稼いでないだろう、エディー。さあ、白状しないと、おれは新しい手先を雇うことにするからな」

「わかりましたよ、ミスター・フレッチャー。あの人たちがホテルを出たのは、二時半ごろです」

「あの人たち？」

「彼女と、例のトム・ジョンスンです。もし一ドルあったら、タクシーの運転手を金で釣って、どこの駅まで送ったか聞き出せるんですが」

「駅だと！」ジョニーが叫んだ。「チェックアウトしたわけじゃないだろう？」

「ジョンスンはチェックアウト済みですが、ミス・セイヤーはまだ滞在中です。今回は鞄を一つだけ持って出かけました」

「いますぐそっちへ行く」ジョニーは受話器を叩きつけるように置くと、サムの顔を見て、深く息を吸い込んだ。「おれが思うに、事態は動いてるぞ、サム！」

「おれが思うに、ジョンスンはちんぴらだよ」サムが見下すように言った。「彼女、あいつのどこがいいんだろう」

「おれはすぐ戻る」

ジョニーは部屋を飛び出して、エレベーターのボタンを押し、いらいらしながら待った。エレベーターがようやく来ると、乗り込むなりぴしゃりと命じた。「一番下まで」

一階では、エディー・ミラーがドアマンに話しかけていた。ボーイ長はジョニーににやりと笑いかけた。「どの運転手だったか見たかどうか、カルロに訊いていたところですよ」

「誰だったんだ、カルロ？」

ドアマンが顔をしかめたので、ジョニーはうめきながら、ポケットから一ドルを取り出した。「わかったよ、山分けしてくれ。誰だったんだ？」

「ビル・カルノフスキーです。すぐそこのイエローキャブに乗ってるやつですよ」

ジョニーは、そのタクシーがとまっている場所までのわずかな距離を走った。そしてポケットから一ドル取り出すと、運転手の鼻先でひらひらさせた。

「可愛い顔立ちのブロンド美人と、それより二歳ぐらい年下の若造の二人連れで、それぞれ鞄を持っていて、あんたが二時半にホテルで乗せた客だ。行き先はどこだった？」

タクシーの運転手は、チャート紙を手に取った。「ああ、うん、その二人は乗せたけど、行き先を話すのはルール違反でね」

「それは知ってるが、この一ドル札をひらひらさせてるのは、なんのためだと思ってるんだ」

「いいや」タクシーの運転手が言った。「一ドルじゃあ不正はできないね。二ドルだ」

「そこまでの価値はない」

「それがあるんだよ。行き先はホテルなんかじゃなくて、あんたには絶対に見当もつかないくらい長距離だったんだからな」

「長距離だと？　つまり、空港だな？」

「しまった！」タクシーの運転手が悔しそうに叫んだ。

ジョニーは一ドル札をしまい込んだ。「これからも不正はするなよ、お利口さん！」

彼はホテルに戻ると、エディー・ミラーをつかまえた。

「お遊びはもう終わりだぞ、エディー。これは真面目な話だ。おれはおまえが気に入ってるから、いつかそのうち、なにかしてやろう。ジル・セイヤーとトム・ジョンスンについて、本当はなにを知ってるんだ？」

エディーはため息をついた。「あの二人には、それらしい振る舞いはなかったんです。彼女が一緒にいるのはいつもケン・バリンジャーでした。ジョンスンは彼女より年下ですしね。弟だとしても、ちっとも意外じゃありませんよ」

サム・クラッグがエレベーターから降りて、近づいてきた。「いったいどうなってるんだ、ジョニー？」

「知るもんか。誰もなにも教えてくれないんだからな。上へ行って、それぞれの鞄に荷物を詰めろ」

「鞄は一個しかないよ」

「じゃあ、それに詰めろ。歯ブラシとおまえの着替えのシャツを入れとけ。ちょいと旅行だ」

「でも、お部屋代は支払い済みですよ、ミスター・フレッチャー」エディー・ミラーが言った。「ピーボディは払い戻しなんかしてくれませんよ」

「もしおれにその件で言い合う体力が残ってたら、払い戻しをしてもらうさ。でもまあ、損失を受け入れるしかなさそうだ。二、三日後には戻ってくるから、部屋は引き払わない」

「おや、あまり遠くではないんですね？」

「ああ、あまり遠くはない。行くぞ、サム」

エレベーターの中で、サムが尋ねた。「どこに行くんだい、ジョニー？」

「ちょっとした旅行だよ」ジョニーはウィンクをして、エレベーター係のほうを顎で示した。自分たちの部屋に入ってから、続きの言葉を口にした。「アイオワ州に行くんだ」

「アイオワ！　なんとまあ！　向こうでなにがしたいんだ？」

「高校の校内新聞を手に入れたい」

サムは息をのんだ。「頭おかしいんじゃないか、ジョニー？」

「自分でもときどきそう思うよ。だがな、あのちっぽけな新聞をめぐって二人も殺されたんだ」

「冗談だろう！」

「だといいんだが。でも、冗談じゃないと思う。さあ行こう、飛行機をつかまえないと」

そして二人は、飛行機をつかまえた。シカゴに到着したのは午前一時だった。そこでジョニーは、アイオワ行きの飛行機が午前六時までないことを知り、そのため彼とサムはダウンタウンのホテルへ行って、数時間の睡眠をとった。二人は六時十五分前に空港に戻り、十五分後にアイオワ州ウォータールーに向けて、真西へ約三百マイルの旅へと飛び立った。

第十四章

ジョニー・フレッチャーとサム・クラッグが大型旅客機から降り立ったとき、ウォータールーの小さな空港の周辺にたいしたものはなかった。

「うわあ、この辺には町の一つもないぞ」サムが叫んだ。

「いやいや、あるって」ジョニーが答えた。「あの木の陰に隠れてるのさ」

だが数分後、空港のリムジンに乗って市内へ向かってみると、ウォータールーがかなりにぎやかな小都市だということがわかった。連れていかれたホテルは、これよりはるかに大きな都市にありそうな立派なものだった。

ベルボーイが二人の鞄を運んだが、ジョニーはすぐには宿泊名簿に記名しなかった。

「シェルロックはどこにあるんだい？」ジョニーはベルボーイに尋ねた。

ボーイは首を振った。「それはなんですか？」

「ハハハ、町だよ。ここからそんなに遠くないと聞いたんだが」

「客室係に訊いてきます。このあたりの古株なので」

ベルボーイが客室係とひそひそ話し合った結果、客室係が大縮尺の地図を取り出した。

「ああ、そうそう」客室係が言った。「ここです。ふーむ、一番いい行き方は、ハイウェイ二一八号線でウェイヴァリーまで行って、そこから郡道を通ってシェルロックに向かうことですかね」

「どのくらい遠いのかな？」ジョニーが尋ねた。

「ウェイヴァリーまで二十二マイルですね——この地図によれば。そこから六マイルでシェルロック。合計二十八マイルになります」

ジョニーは顔をしかめた。「そこへ行く列車はないのか？」

「いえ、ありますが、今日はもう出てしまいました。明日のこの時間にまた来ます。ウェイヴァリー行きの列車なら、あと四時間ほどすれば来ますよ。そこからタクシーでも行けそうですね——ウェイヴァリーにタクシーがあれば、ですが。たいした町ではないんですよ」

「ここで車を借りるというのはどうだろう？」

「アルバート」客室係が言った。「フィリップが外にいるかどうか見てきてくれ」

ベルボーイがロビーを出ていき、少しすると、よれよれのスーツにひさしの割れた帽子をかぶった男を連れて戻ってきた。

「シェルロックですかい、ミスター？　一時間でお送りしますよ」

「いくらになる？」

「まあ、かなりの距離ですからねえ。ご用を済ませる間、近くで待ってましょうか？」

「ああ。二、三時間はあっちにいることになるかもしれないんだが」

タクシー運転手は口笛を吹いた。「そうなると、待ち時間の分も請求させてもらいますよ。えーと、片道一時間の往復で、待ち時間が三時間だとすれば……全部で一ドル五十セントだったら、お高すぎますかね？」

「フィリップ」ジョニーが言った。「一ドル七十五セントに上げてやってもいいくらいだよ。あんたの愛車はどこにあるんだい？」

「このすぐ外ですよ、ミスター。もう出発しますか？」

「鞄を預けたら、すぐ出よう」

二分後、フィリップがジョニーたちを案内した先には、ブリキとゴムの山をワイヤーでつなぎ留めたような代物が待ち構えていた。フィリップがそれを蹴ると、ガチャンという音がした。

「見てくれは良くないが、エンジンは素晴らしいんですよ」

「きっとそうだろうな」ジョニーが言った。車の後部ドアを開けると、ドアが車体から完全に外れた。彼は楽しげにドアを車内に投げ込んだ。

「先に乗ってくれよ、サミー」

サムは車の中に足を踏み入れて、座席にどさっと腰を下ろした。下でなにかが折れて道路に落ちる音がしたが、フィリップはそれがなにか確かめようともしなかった。彼が運転席に乗り込み、なにやらおこなうと、車が勢いよく飛び出した。すさまじい音とともにギアが入れ替わり、まもなくその車は時速十五マイルか十六マイルのスピードで通りを疾走していた。

「ウォータールーは初めてですかい？」フィリップが陽気に尋ねてきた。

「アイオワに来たこと自体、初めてだよ」ジョニーが答えた。「インディアンが怖かったのさ」

「アッハッハ、アイオワ州にインディアンはいませんよ。もう何年も前からいませんって。全国で一番、農業と乳業が盛んなとこですよ。ここはブラックホーク郡ってところで、シェルロックはブレマー郡にあるんです。アイオワの酪農拠点って言われてますよ――つまり、国全体の拠点ってことです」

「へえ」ジョニーがつぶやいた。「この辺の農家は金持ちなんだろうな」

彼は座席にだらしなく座ったまま、関心がなさそうにしていればフィリップのとうとうと続く長話も止まるだろうと思っていた。だが、そうはいかなかった。フィリップは延々と話し続けた。彼は優に時速三十五マイルを超える猛スピードで車を飛ばし、およそ三十分後にウェイヴァリーの町なかの見どころを指し示したあとで左へ曲がり、やがてアイオワの昔ながらの砂利道に入った。ここから彼は慎重に時速を二十六マイルまで落として、十分か十五分後にさらに左へ曲がると、こう叫んだ。

「さあ着いた、シェルロックですよ！　あたし自身もここは久しぶりなんですが、古い町はちっとも変わりませんね。南北戦争のころからここにあったんですから。旦那方、これからどちらへ？」

「高校だ」

「それなら、すぐそこです。真新しくて見事なもんだ。ねえ？」

ジョニーはその煉瓦造りの建物を、いささか不安な気分で眺めた。「ずいぶん立派だな。外で待っててくれ。おまえもな、サム」

彼は校舎に入り、校長室を探し当てた。校長は五十代後半の穏やかそうな男だった。「どのようなご用件でしょうか？」

「フレッチャーと申します」ジョニーが言った。「ニューヨークで私立探偵をやっております」

「ニューヨークですか？　ほう！」

「かなり特殊な任務に取り組んでいるところでして。こちらの高校の校内新聞を一部いただきたいのです。どれでもいいというわけではなくて、一九五二年に発行されたものを」

校長は唇をすぼめて、ゆっくりと首を横に振った。「それは、少々難しいかもしれません。なにしろ、この学校は一昨年の夏に全焼してしまいましたからね。ですから、こうして新築されたのですよ」

「なるほど、そういうことでしたか。新聞はこの校内で印刷していたんですね？」

「いえいえ、それは地元の印刷所に頼んでいました。つまり、学校にあったすべてのファイルが全滅してしまったのですよ。すべての記録が――なにもかも。六十年前からの記録です。非常に残念な火災でした」

「つまり、一九五二年の卒業生が誰なのかもわからないということですか？」

「その通りです。わたくしの前任者のドクター・バー――大変にご立派な紳士でした――が当時の校長だったのですが、八年前に亡くなりました。もちろん、当時の生徒の多くはまだこのあたりに住んでいますし、その一人に話を聞けば、全員の名簿を再現することは可能かもしれません」

「たとえば誰でしょう？」

「すぐに申し上げるのは難しいですね。えーと、十二年前ですか。いまは三十歳くらいになっているはずですね」

「三十歳？」ジョニーは目を見開いた。

「まあ、当時の在校生は二十八歳から三十一歳ですかね。ダン・キアマイヤーがそのくらいの年頃です。通りを行ってすぐのところで小さな金物屋をやっていますよ。話を聞いてみてはいかがでしょう？」

「ありがとう、そうします」

ダン・キアマイヤーは一九五四年の卒業生だった。

「おれは二年留年してるから、はたち近くまで卒業できなかったんだ」彼は言った。「いとこのエイモス・キアマイヤーが五二年に卒業してるよ。いまは床屋をやってる」

エイモス・キアマイヤーは、まるまる太った陽気な青年だった。「ああ、一九五二年に高校を卒業したよ。おれを追い出すために、あやうく高校を燃やさなきゃならないところだったんだぜ。エッへッへ！」

「でも、実際に燃やされたじゃないか」

「ああ。でもそれは、いまから二年くらい前のことだ」

「きみと同じ学年に、トム・ジョンスンという名前の男子はいなかったか？」ジョニーが尋ねた。

「トム・ジョンスン？　いないな。ジャクスンはいたけど、ファーストネームはエリックだ。いまはどこにいるか知らないけどね」

ジョニーは眉をひそめた。「ジョンスンはいなかったのか？　ジル・セイヤーという名前の女子はどうだ？」

「いないよ。美人なのかい？」

「とびきりの美人だ。じゃあ、ケン・バリンジャーは？」

「聞いたことないね。本当にこの町の話なのか？」

「そう思うんだが。『シェルロック・ハイ＝ウェイ』という校内新聞があったんじゃないか？」

「ああ、その通り。でも、ほとんど覚えてないや。たいした新聞でもなかったし」

「編集者が誰だったかも知らないのか？」

「うん。たまにしか出てなかったしね」

「自宅に一部あったりしないだろうな？」

「まさか。なんのためにとっておくのさ？」

「さあ。あるかもしれないと思っただけだよ」

「先週の新聞だってとっておかないのに。そうだな……ネッド・レスターに話を聞いてみなよ。なんでもため込むやつなんだ。家にきっと本が二百冊はあるぞ。そういえば、あいつは校内新聞となにか関係があったたな」

「まさに会いたい相手じゃないか。どこに行けば会えるんだ？」

エイモス・キアマイヤーはくすくす笑った。「ネッドがこの辺で一番の金持ちだとしても、ちっとも意外じゃないよ。あいつは本当に、たっぷり儲けてるからな」

「で、どこにいるんだ？」

「ここから車で一マイル半ぐらい、ウェイヴァリーへ行く道を走るんだ。そうすると、赤い風車のあるガソリンスタンドが見えてくる。でも、スタンドにはネッドはいないはずだよ。風車のすぐ裏手にある大きな建物にいるはずだ。おれから言われて来たと伝えるといい。そのほうが受けがいいだろう」

「恩に着るよ」

ジョニーがタクシーに戻ってみると、運転手のフィリップがサム・クラッグに向かって長話をだらだらと続けていたが、幸いにもサムは後部座席で寝入っていて、ひと言も聞いていなかった。けれども、ジョニーが横の席に乗り込むと、サムはぱっと目を覚ました。

「全部片付いたかい?」

「まだ始まったばかりだよ。なあ、フィリップ、いま来た道の途中にあった、赤い風車のガソリンスタンドに戻ってくれ」

「〈赤い風車〉ですと?　おやまあ!」

「知ってるのか?」

フィリップはチッチッと舌打ちをした。「誰だって知ってますよ。はるばるデ・モイン（アイオワ州中央部に位置する州都）から客がやってくるんですからね。ウォータールーからも大勢が来てますけど、あそこへ行くような連中は車をもってるのでタクシーは使わないから、あたし自身は行ったことがないんです。でも、見てみたいですよ」

「じゃあ、いま見てみるといい。そこはなんなんだ?」

「チッ、チッ。ほら、例の場所ですよ」

「ほう」ジョニーが言った。

そこは、相当な場所だった。シェルロックへ来る途中で見落としたのが意外に思えた。だが、注意深く観察してみると、それほど意外ではないなとジョニーは思った。赤い風車のあるガソリンスタンドは雨風にさらされて多少傷んでいるせいで、ガソリンスタンドとしてそれほど異様でもなかったのだ。それに、午前中で車の通りが一切なかったので、スタンドの裏の低い丘へと続く砂利敷きの私道があるのを見逃していた。

松の丸太材で造られたほとんど真四角の大きな建物の最上階が、丘の頂上の向こう側に見えていた。

「満タンにしといてくれ、フィリップ」ジョニーが言った。「その間にミスター・クラッグとおれは、あそこへ行ってくる」

「満タン(フィラップ)だぞ、フィリップ！」サム・クラッグが突然そう言って、ゲラゲラ笑い出した。

フィリップはにやりとした。「一日に八回はそう言われますよ、ミスター。ガソリン代は払っていただけるんですか？　だいたい三、四ガロンあれば大丈夫ですが」

「五ガロン入れとけ。おれが払うから」

ジョニーは車から降りると、ガソリンスタンドの店員に会釈をした。「ネッド・レスターはいるかい？」

店員の男は肩をすくめた。「たぶん。まだ早い時間ですし。何ガロンですか？」

「五ガロンだ。行くぞ、サム」

ジョニーとサムは砂利敷きの私道を歩いていき、丘の頂上から丸太造りの巨大な建物を見下ろした。横にある駐車場は、車を二百台は収容できる広さだった。

二人が建物に近づくと、白いエプロンを掛けた男がドアから出てきて、バケツの汚い水を外に捨てた。

「おはよう」ジョニーが明るく声をかけた。「ネッドはもう起きてるかい？」

「なんとも言えんな。なんのセールスマンだ？」

「セールスマンなんかじゃないよ。いやいや、とんでもない」

「集金人か？」

「これはあくまでも、社交上の訪問だよ。エイモス・キアマイヤーから言われてここに来たんだ。彼はネッドと同じ高校に通っていたんだろう」

「保険の外交員か？」

「ずいぶんねばるな……おーい、ネッド！」

「ひぇーっ！」エプロン姿の男が叫んだ。「やめてくれ。ネッドが嫌がるんだ」

「じゃあ、ここへ連れてきてくれよ。尋ねたいことがあるんだ」

サム・クラッグと同じくらい大柄だが、サムよりも意地の悪そうな男が、エプロン姿の男のそばのドアをぐいと開けた。

「いったいなにをわめいてるんだ？」

「あんたがネッド・レスターか？」

「ああ。そして、おれは今日なに一つ買うつもりはない。わかったか？」

「おっと大変」サム・クラッグが言った。「タフガイが来たぞ」

ネッド・レスターはサム・クラッグに視線を移すと、せせら笑った。「タフだとも、ご同輩。なんの用なんだ？」

「エイモス・キアマイヤーに言われてここに来たんだが」

「じゃあ、いますぐ帰るんだな。エイモスと友達のやつは、おれの友達じゃない」

「どうやらガセネタをつかまされたか。わかった、エイモスに言われたわけじゃない。おれが誰の指図も受けずにここへ来たんだ。はるばるニューヨークから」

「こんなやつが、誰にもとっつかまらずにハドソン川を越えられたとは驚きだな。おまえ何者だ？」

ジョニーはにやにや笑った。ネッド・レスターは、彼を一瞬にらみつけてから言った。

「中に入れ」

ジョニーとサムは、レスターのあとについて巨大な部屋に入った。そこは、おがくずと気の抜けたビールのにおいがした。左右の壁に沿ってボックス席が並び、中央はテーブル席で、後方に楽団席がある。だが、レスターは横のドアを押し開けて、もっと狭い部屋の奥へと案内した。片方の壁沿いにスロットマシンが一列に並び、部屋の真ん中に細長いテーブルが置いてある。

「地元の田舎者がインドすごろく(パーチージ)をやるんだよ」レスターが肩越しに説明した。

レスターは後方の別のドアまで歩き、それを押し開けると、ジョニーとサムが来るのを待った。サムはスロットマシンを物欲しそうに眺めた。

「おれも一緒に行かないとだめかな、ジョニー?」サムが尋ねた。

「おまえがスロットマシンに釘付けにならないなら、来なくていいぞ」

レスターが小さく笑った。「おめでたいやつだな、金は大事にしろよ。ここのマシンの配当率は九十パーセントだ」

「いや、遊びでやるだけだから」

「どうなっても知らんぞ」レスターは問いかけるような目でジョニーを見た。「あんたの名前はなんだって?」

「フレッチャーだ。ジョン・フレッチャー。こっちは友達のサム・クラッグ」

「で、あんたの仕事は?」

ジョニーはウィンクをした。「調査をちょっとね」彼は事務室としてしつらえてある部屋に入った。レスターもあとに続き、ドアを閉めた。「探偵か! はるばるニューヨークから。FBIじゃあないだろうな? それとも財務省の役人か?」

「いやいや。たいしたことじゃない。あんたは一九五二年にシェルロック高校を卒業しているな？」

「おれが？　どうして？」

「知らないよ。エイモス・キアマイヤーが言うには――」

「あの脳足りんが！　それ以上話を聞く前に言っとこう。おれはここに住んでるが、シェルロックは好きじゃないし、シェルロックもおれのことが好きじゃない。わかるだろう？　おれは町境の外側に住んでいて、うちの得意客は――それからおれの友達も――シェルロックから来るやつらじゃない。あいつらには席料を払わせて、寄せつけないようにしてるんだ。シェルロックの田舎者は一人残らず二十五セントしか賭けようとしないし、そんなはした金じゃ、おれはこの店をやっていけない。わかるだろう？」

「なるほど。でも、高校には通ってたわけで、校内新聞となにか関係があったんだよな」

「知りたいのなら教えるが、おれが編集者だったんだ。で、それがどうした？」

「さてと」ジョニーが言った。「ようやく先が見えてきたぞ」

「先？」

「本題に入ろう。もしかして、一九五二年六月号の校内新聞をもってないかな？」

レスターの上唇がゆがんだ。「ないね。それにおれは、自分の予定表だってとっておかないんだ」

「レスター」ジョニーが言った。「ちょっと回り道をしよう。どういうわけでこのトウモロコシ地帯（コーンベルト）にいままでとどまってきたんだい？」

「おれは問題なくやってるさ。五四年と五五年にデ・モインで下っ端の仕事をして、その後ここへ戻ってきたんだ。ほら、ここにはここなりの強みがあるだろう。もしあんたがデ・モインかスー・シテイー（アイオワ州西部の都市）か、もしかするとダヴェンポート（アイオワ州東部の都市）に住んでいて、出張に行かなきゃならないとしたら、ここなら女房もついてこられないってわけだ」

「なるほどね」ジョニーが言った。「じゃあ、仕事に戻ろう。あんたは一九五二年六月号の校内新聞はもってないようだ。でも、そこになにが載ってたか思い出せないか？」

「いや。なんで思い出さなきゃならないんだ？」

「おれが百ドル払うからだ」

「百ドルなんて持ってるのか？」

「まあ、いま手元にはないんだが」ジョニーは慎重な物言いをした。「すぐ手に入る」

「手に入れたらまた来てくれ」

ジョニーはためらった。「五十ドルなら手元にある」

「だめだ」

「もし手元に百ドルあると言ったらどうする？」

「見せてもらおう」

ジョニーは深々と息を吸い込んだ。「あんたはずいぶん頑固だな、レスター」

「朝のこんなクソ早い時間に、馬鹿げた話を聞かされてるからだよ。十二年前の校内新聞になにが載ってたか知りたいなんて、いったいどういうことだ？　なんでそのためにニューヨークから来るんだ？」

ジョニーは肩をすくめた。「わからない」

「おれをこんなに知りたくさせといて、わからないだと？」

「突き止めようとしている最中なんだよ。なにか重要な意味があると思うんだが、わからないんだ。エグバート・クラドック、またはハル・ソーダーストロムという名前に聞き覚えはあるか？」

「ない」

「ケン・バリンジャーはどうだ？　ハリー・ヘイルは？　うーん——トミー・ジョンスンは？」

「ビンゴ！　トミーがどうしたんだ？」

ジョニーはため息をついた。「やっと当たったか。トミーがあんたの同級生だったんだな？」

「とんでもない、二年ぐらい前の夏にここで働いてたガキがそういう名前だったんだ。ただのちんぴらさ」

「あんたと高校で一緒だったんじゃないのか？」

「ああ、いまだってせいぜい二十三か四ぐらいだろう。この近所のガキじゃなかったんだ」

「どこの出身だった？」

レスターは肩をすくめた。「知るわけないだろう？　あいつはテーブルを片付ける仕事をやってたんだが、少しも役に立たなかった。いつも——まあ、別の部屋でぶらぶらしてたからだ。その部屋での仕事に変えてやったら、そのうちに〝糖蜜〟を指に付けやがった。それでクビにしたんだ」

「〝糖蜜〟？　それはつまり、〝指がねばつく〟ってことか？（「指がねばつく sticky fingers」は「手癖が悪い」という意味）」

「なるほど」レスターがうなるような声で言った。「なかなか頭が切れるな。スティックマン（クラップスなどの賭博で棒（スティック）を使ってサイコロを回収して配る係）は信頼できる必要があるだろう？　ずっと見張ってるわけにはいかない。おれも出たり入ったりしてチェックはしてるんだが、ツキが続いた客はときどきやつらにチップを放ってよこすんだよ。ジョンスンはチップをもらいすぎたんだ。手品師よりもうまくチップをてのひらに隠してたな」

　ジョニーは口をすぼめた。「でも、シェルロック高校の新聞について、やつはなにを知ってたんだろう？」

「なにも知りゃしないさ。知ってたはずなのか？」

「ああ。この件のどこかにはまり込むんだ」

「なんの件だ？」

「殺人事件だ」

「殺人だと！　おい……とっととここから出てってくれ。この辺に殺人事件なんか持ち込んでほしくないんだよ。密告（タレコミ）かなにかなら手を打つことができるが、殺人はだめだ。さあ、出ていけ」

「この殺人はニューヨークで起きたんだ」

「それでも、ここに入り込まれちゃ困るんだ。おまえと話なんかしなきゃよかった」興奮したレスターはジョニーの腕をつかむと、ドアのほうへと引っ張り始めた。だが、二人がたどり着く前にドアが蹴り開けられて、サム・クラッグが飛び込んできた。

「大丈夫か、ジョニー？」

「大丈夫じゃない」レスターがぴしゃりと言った。「さっさと出ていけ、おまえら二人とも」

　サムはジョニーの表情をうかがった。「大丈夫かい？」

「ああ、たぶんな」ジョニーは答えた。彼は腕をよじって、レスターの手を振り払った。「あんたの雇い人全員の指が、糊でねばつくことになるよう願ってるよ」

　レスターがせせら笑った。「おまえの金になるわけじゃないぞ」

ジョニーは仕方なくその街道沿いのナイトクラブ（ロードハウス）を出て、赤い風車のガソリンスタンドまで歩いて戻った。「うまくいかなかったんだな、ジョニー？」サムが尋ねた。

「あまりうまくはいかなかったな。だが、例のブツはこのあたりのどこかにある。一瞬、手に入ったと思ったんだが。まあ、ほかの場所を探してみるしかない。準備万端か、フィリップ？」

「ええ」運転手が言った。「五ガロン入りましたが、忌々しいことに、一ガロンあたり二セントも値上がってたんですよ。店員は、一度入れたガソリンを抜くことはできないって言うし」

「大丈夫。おれがちゃんと払うよ。シェルロックへ戻ろう」

「シェルロックへ？　うひゃあ、しまった、もう十二時だ。いつも昼飯は家で食うんですよ。かみさんが心配するだろうなあ」

「いや、やっぱりやめた」ジョニーが言った。「おれが行きたいのはウォータールーだ」

第十五章

車に戻ったとき、サムは少し黙り込んだあと、とてつもなく大きなため息をついた。「あいつのせいでがっくりさせられたのかい、ジョニー？　もしそうなら――」

「いや、あいつが知ってたとは思えない。いずれにしても、先にウォータールーから調べてみるべきだったんだ。覚えてるか？　ニューヨークの本屋で聞いた話。ホックマイヤーが、ウォータールーのラングフォードって業者から新聞を買ったと言ってただろう……」

「ラングフォード？」運転手のフィリップが急に叫んだ。「エイブ・ラングフォードのことですか？」

「そいつは本屋をやってるのか？」

「ええ、二つの意味でね。本（ブック）を売って、賭け屋（ブックメーカー）も兼ねてるんですよ。イッヒッヒ！　今日の午前中は静かに過ごしてたから、考える時間がたくさんあったんですが、考えれば考えるほど、アーリントンの第三レースはマッドミンクが絶対に勝つと思うんですよ。一ドル賭けるつもりです」

「まるまる一ドルを？」

「いえね、ラングフォードは一ドルからしか受け付けないんですが、いつもあたしはモリス・バルシントンを誘って、五十セント出してもらうんです。うん、やつを探してぎりぎり間に合うと思います。あんたがたも、二人で一ドル賭けてみたいなら、マッドミンクで決まりですよ。エイブには、あたしから言われて来たと言えば、それで大丈夫」

「いっそのこと、そこへ乗せてってくれたら、おれたちの一ドルをあんたの金に足してあげるよ」

「それで決まりだ、ミスター。さあ、しっかりつかまってくださいよ。向こうに早めに着きたいんでね」

「飛ばしてくれ!」

フィリップが車の速度を上げた。次の直線コースを時速四十二マイルでかっ飛ばし、カーブも時速三十五マイル以下には落とさず曲がったので、シェルロックを出発して一時間以内に、フィリップのオンボロ車は〈ラッセル・ラムスン・ホテル〉から半ブロックの場所にある小さな本屋の前にあえぎながら到着した。

店内には本棚がずらりと並んでいて、中央の二カ所のカウンターには五冊で一ドルの古本が高く積み上げられていた。後方には巨大な黒いテントがあり、その頂上に球飾りが付いていた。少なくとも、ジョニーの目には最初はそう見えた。するとテントが動いたので、それが人だとわかった。体重は三百ポンド以上、身長はせいぜい五フィート二インチだ。

その男が向きを変えるのには時間がかかり、ようやく振り向いたとき、後ろにほかの誰かが立っていることにジョニーは気づいた。つい先ごろまでニューヨークの〈四十五丁目ホテル〉にいた、トミー・ジョンスンだ。

「やあ、エイブ!」タクシー運転手のフィリップが呼びかけた。「ちょいと仕事を持ってきたよ」

「おれたちは賭けをするつもりだったんだ」ジョニー・フレッチャーが言った。「だけど、もうそれどころじゃなくなった。やあ、トミー・ジョンスン」

「ぼくはスミスだ」ジョンスンがぶっきらぼうに言った。「ジョン・スミス。ではまた、ミスター・ラングフォード。もしその本が見つかったら、手紙をくれ」

サム・クラッグがトミー・ジョンスンの前に足を踏み出したが、ジョニーが手を振って横へどかした。「通してやれ、サム」

「どんなご用件でしょうか?」太った本屋が、ぜいぜいあえぐような声で尋ねた。

「マッドミンク、アーリントンの第三レースだ」フィリップが言った。「こちらの旦那方とおれの合同で賭けたいんだ。合計一ドル五十セント」

「店を間違えてるみたいだな」ラングフォードが言った。「うちは本（ブック）を売ってるが、賭け屋（ブックメーカー）じゃない」

「イッヒッヒ」フィリップが嬉しそうに笑った。「その冗談は、こちらの旦那方にも言ったんだ。おおいに笑ってもらえたよ」

「実を言うと」ジョニーが言った。「ニューヨークのホックマイヤーからあんたの名前を聞いたんだ。おれは五〇年代初頭の高校新聞を集めている。『シェルロック・ハイ＝ウェイ』を一部買って、アイオワ州のコレクションを完成させたい。あんたが最近、ホックマイヤーのために手に入れたそうじゃないか」

「そうでしたか? 覚えてはいませんが、彼がそう言うならそうなんでしょう。珍しい本や絶版本を見つけるのがわたしの仕事なんでね。その新聞をお探ししましょうか? なんという名前でしたっけ?」

「『シェルロック・ハイ＝ウェイ』。トム・ジョンスンがさっきあんたに話していたのと同じだよ。ついさっき出ていった男だ」

「えっ？　スミスと名乗っていましたが」

「ジョンスンだって偽名っぽい名前なんだから、実のところ大差はない。新聞を手に入れてもらえるのかな？」

「金はかかりますよ。学校が全焼して印刷所も廃業しているため、本当に珍しい品なんでね」

「彼に会いたかったんだ」ジョニーが言った。「だから、少し時間が節約できた。二十五ドル払おう」

「五十ドルです」

「いつ手に入る？」

「明日です」

「つまり、どこにあるのか知ってるのか？」

ラングフォードはうなずいた。

「じゃあ、今日手に入れてもいいいんじゃないか？」

「無理です」

「なあ」ジョニーは言った。「おれはこの新聞を手に入れるために、はるばるニューヨークからやってきたんだ。帰ることが重要なんだよ。もし今日手に入れてくれるなら、十ドル余計に払おう」

ラングフォードは丸々とした頬を膨らませてから、深々と息を吐いた。「遠出をすることになるんですが、出かけるのはあまり得意じゃないんですよ。近頃ちょっと体重が増えたもので……」

「ああ、たしかにちょっとふくよかだしな。じゃあ、今日手に入れてくれるのか？」

「今夜です。シェルロックへ車で行かなければならないので」

「まだ一時だぞ。なんで夜まで待つんだ？」

「三時に重要な買い手がよその町から来るんですよ」

「おれが取りに行ってこようか?」

「それは論外です」

「いや、あんたが金を間違いなく受け取れるようにするよ。もしその点が心配なら」

「まあ、心配ですよ。当然ながら、取引で儲けを出しているもんでね」

「結構。あんたがその新聞をただで手に入れようと、おれはかまわないよ。それでも六十ドル払おう。新聞がどこにあるのか教えてくれたら、取りに行ってくる」

ラングフォードはためらった。「代金を払ってください」

ジョニーはポケットから札束を取り出し、六十ドル数えて抜き出した。ラングフォードはその金を受け取ると、書き物台へのしのしと歩いた。そして台の上にかがみ込み、一枚の紙に走り書きをして、それを折りたたんだ。

「シェルロックの〈赤い風車〉へ行って――」

「〈赤い風車〉だと!」サム・クラッグが叫んだ。

ラングフォードはうなずいた。「だから、いろいろややこしいんですよ。慎重にやらないといけません。あそこにクレム・ミーカーという名の男がいます。ほかの誰にも、あなたの目的を決して知られないように。これをクレム・ミーカーに手渡せば、新聞を渡してもらえるでしょう」

「オーケー」ジョニーが言った。「それで、もし手に入らなかったら……?」

「手に入ります」

「でも、もしも……?」

「そのときは、金を返しますよ」

ジョニーは、ためらったのちにうなずいた。「それで決まりだ」

「おれたちの話はどうなる？」フィリップが叫んだ。

「わかったよ、フィリップ」ラングフォードが言った。「支払いは明日でいい」

「つまり、おれは明日、勝ち金をもらえるってことだな」

本屋の外で、ジョニー・フレッチャーはタクシーの運転手に言った。「昼飯を食べに家に帰らないといけないのか？」

「ええ、もう遅刻ですよ。こっぴどく叱られちまう」

「わかった、それなら行ってくれ。でも、三十分後にホテルへ迎えに来てほしい。シェルロックに戻るから。この三ドルは、移動料金とあんたが買ったガソリン代と……それとおまけだ。次の移動で、さらに三ドル支払うよ」

「本気ですかい、ミスター？　なら、必ず迎えに行きますよ」

「結構。ここからホテルまでは歩くよ。すぐそこに見えるから」

歩き始めたとたんに、サム・クラッグが叫んだ。「あの〈赤い風車〉に戻るのは嫌だよ、ジョニー」

「なぜだ？　いくら負けたんだ？」

「たったの四十五セントぐらいだ。そうじゃない。そうじゃなくて……なあ、さっきの手紙にはなんて書いてあるんだい？」

ジョニーは手紙を開いて読んだ。

クレムへ
この手紙の持参人に、例の学校新聞のもう一部を渡してほしい。価格は前と同じ。代金は明日送る。

ラングフォードより

「なにも問題ないな」ジョニーが言った。

「ああ。でも、あのジョンスンのガキだよ。あいつはどこにはまり込むんだい？」

「ど真ん中さ。あいつがここにいるのなら、ジル・セイヤーもここにいる。ニューヨークから一緒に出発したんだからな」

「そうか！　その通りだよ。それに――おいおい、ジョニー！　あそこにいるぞ！」

二人はホテルまであと五十フィートの場所にいた。その前方で、ちょうどホテルに入ろうとしているのがジル・セイヤーだった。ジョニーはいきなり前に飛び出した。

「ジル！」彼は叫んだ。「ジル・セイヤー」

ジルはくるりと振り向き、驚愕のあまり顔をゆがめた。一瞬、ホテルの中に逃げ込もうとするかのように見えたが、すぐにうなだれて、ジョニーが追いつくのを待った。

「ここでなにをしてるの？」

「きみと同じだよ」

「わたしがここにいる理由も知らないくせに」

「知らないのかい？」

「ええ。ここはわたしの生まれた町なの。帰省なのよ」

「なんという偶然！　おれもシーダー・フォールズ生まれなんだ。もしかすると、同じ学校に一緒に通ってたのかもしれないな。うーん、ひょっとして、シェルロック高校？」

彼女はいらだたしげにまばたきをした。「あなたの警察のご友人たちは、どこにいるの？」

「ニューヨークへ置いてきたよ。でも、マディガン警部補は切れ者だ。それに、あの足長のジェファーソン・トッドは、逃げる前のきみを追い詰めていたんじゃないか？」

「そんな人、知らないわ」

「じゃあ、教えてあげよう」ジョニーはジルの腕をとった。「カクテルラウンジに入って一杯やるところだったんじゃないのかな？」

「そうじゃないけど――」

「結構。サム・クラッグのことは覚えてるだろう？」

「デクノボーよね、たしか」

「おい」サムが抗議した。

「ごめんなさい」

三人はホテルの中に入ってカクテルラウンジへ行き、ジルはダイキリを注文した。ジョニーはドライマティーニ、そしてサムはピンクレディーにした。

「さて」とジョニーが言った。「おれたちはどちらも同じ立場なんだから、意見を交換しようじゃないか。きみはシェルロック高校の新聞を探している。どうしてだい？」

「知らないの？」

「もちろん知ってるさ」

「じゃあ、なぜ訊くのよ？」

ジョニーは咳払いをした。「マット・ボイスのことは、もう知ってるだろうね？」

「クリーヴランドに着陸したとき積み込まれた新聞で読んだわ。なんて恐ろしい。誰だと思う……？」

「おれたちは潔白だよ」ジョニーが言った。「でも、マディガン警部補はきみのアリバイを確かめたがっていたと思う」

「そんなの馬鹿げてる。わたしはあの人とはまったくかかわりがなかったのよ。彼が嫌いなのは間接的な理由で、ケン・バリンジャーのせいだもの」

「トミー・ジョンスンはどうなんだい？」

彼女の頬から急に血の気が引いた。「どうなんだいって……誰のこと？」

「トミー・ジョンスンだよ。いまはたぶん、この上の自分の部屋にいるんだろう。つい十分前に見かけたのさ。本屋でね」

ジル・セイヤーは一瞬、ジョニーをじっと見つめ、それから舌の先で唇を湿らせた。「そうね、トミーから聞いたわ。ニューヨークであなたがわたしの部屋にいるところを見つけたって。でも、彼についてなにを知ってるというの？」

「きみの弟か？」

「いとこよ。トミーは昔から絵に興味があって、ニューヨークに来たときにわたしのところに立ち寄ったの。あの子には指導が必要だから、ずっと教えているのよ」

「漫画を描けるくらい上手なんじゃないのかい?」

「アート担当の編集者があまりうるさくなければね。あと三、四カ月もすれば、もっとうまくなるわ。それが自分でもわかってるの」

「どこの学校に通ってたんだい?」

「デ・モイン、その後はアイオワ・シティーよ。州立大」

「学校を出てからいままで、どんなことをしてきたんだ?」

ジルはむっとした。「なんなのこれ、警察の尋問?」

「いや、ごめん。この事件を調べ始めて、いろいろな懸案事項を片付けようとしているところでね」

「どうして?」ジルはうんざりしたようにため息をついた。「ニューヨークでもあなたに尋ねたわよね。こんなことしたって、なんの得にもならないでしょう」

「きみにとっては、なんの得になるのかな?」

彼女はいきなりハンドバッグを持つと、椅子を後ろに引いて立とうとした。ジョニーはそれを押しとどめるために手を差し出した。「ちょっと待った。一つだけ質問に答えてくれたら、もう迷惑はかけないよ」

彼女は立ち上がり、ジョニーを見下ろした。「答えはノーよ」

「でも、まだ質問してないぞ——それに、イエスかノーで答える質問じゃない。あの校内新聞には、なにが載ってるんだ?」

「答えはやっぱりノーよ。じゃあ、そろそろ失礼するわ。祖父とお昼を一緒に食べる約束に遅れているから」そう言うと、彼女はカクテルラウンジからさっと出ていった。

ウェイターが伝票を持って近づいてきた。ジョニーは辟易しつつ支払ったが、チップを出さなかったのでウェイターに嫌な顔をされた。そしてカクテルラウンジを出ながら、サムにこう言った。

「フィリップには今日の午後は会えそうにないな。これで手持ちの金が二ドル十四セントになっちまった」

「なんだって！」サムがぞっとして叫んだ。「金はたんまりあると思ってたのに」

「あったんだよ——ニューヨークでは。だが、ここに来るための飛行機のチケットと、本屋に払った六十ドルが……おまえ、いくら持ってる？」

サムはポケットの中を探り、一ドル札一枚と五セント硬貨二枚を取り出した。「一ドル十セントしかないや」

「すると、合計三ドル二十四セントか。もしフィリップに金を払ったら、残りは二十四セントだな」

「本当は一ドル五十セントでいいって言ってたんだよ。なのに、あんたはもう余分に払っちまったんだ」

「そうだな。まあ、おまえの一ドルをよこしてくれたら、そいつをどこまで長くもたせられるか考えてみるよ」

「長くしたけりゃゴムでも混ぜとけよ、ジョニー。ああ、なんてこった！」サムはうめいた。「ニューヨークから遠いところで文無しになると、いっつも怖くて仕方ないんだ。あっちでならそんなに気にならない。あんたはいつだって、どうにか金を手に入れてくれるもの。だけど、こんな田舎町じゃあ——」

「いままで全国あちこち回ってきたが、ひもじい思いをさせたことはまだ一度もないだろう？」

「ないけど、食事が抜きになったことは何度かあるぞ。それに、おれは食うことが好きなんだ。そういえば、昼飯がまだだったっけ」

「あのピンクレディーがおまえの昼飯だ。五十セントもしたんだからな。きっとフィリップがおれたちを待ってるぞ」

フィリップは待っていた。しかも、とても上機嫌で待っていた。

「ああ、来ましたね、旦那方。見捨てられちまったかと心配してたんですよ。そうじゃなくてよかった。今日は本当についてる日だ。こんな遠出が二度もあって……」

「マッドミンクのことも忘れるなよ」ジョニーが言った。「まあ、出かけるか」

第十六章

〈赤い風車〉へ戻る道中は、何事もなく過ぎた――フィリップの長話を無視すれば、だが。二人はフィリップをガソリンスタンドに残し、ロードハウスへ歩いていった。横の駐車場に、いまでは車が八台から十台ほど止まっていた。

店内に入ると、バーカウンターに半ダースほどの客がいた。今朝、汚い水を外に捨てていた大柄なウェイターが、いまはカウンターの中に入っていた。

「また来たのか?」彼はカウンターの向こう側でうなるように言いながら、近づいてきた。

「ここには美味いビールがあるだろう。大ジョッキを二つもらおうかな、ビル」

「おれはビルじゃない」

「違うのか? じゃあ、なんて名前だい?」

「バーテンダーだ。ビール二つだな」

彼はビールを注ぎに行ったが、戻ってきたとき、ジョニーがこう言った。「なあ、あんたはクレムって感じの顔だよな」

「そうだが――おい、どういうことだ?」

「シーッ!」ジョニーが言った。「あんた宛の手紙があるんだよ。エイブ・ラングフォードからだ」

クレム・ミーカーは、いぶかるように目を細くした。「見せてみろよ」

ジョニーはポケットの中から、手紙を酒代の一ドル札と一緒に取り出した。そして両方をカウンターの上に置いた。クレムはその二枚の紙を取り上げると、片方をレジスターの中に入れて、釣銭を出した。釣銭を手に戻ってくる途中で、床に二十五セント硬貨を落とし、かがんでそれを拾おうとした。見つかるまでに少し時間がかかった。釣銭をジョニーに渡すとき、クレムの顔は赤くなっていた。

「いまは無理だ。明日また来てもらわないと」

「明日まで待てる話なら、エイブ・ラングフォードに取りに来てもらってたんだよ。今日必要なんだ。いますぐ」

「でも無理なんだ。ボスが――」

「やつがどうした？　事務室にいるのか？」

「そうじゃないけど……ほかにご注文は？」

クレム・ミーカーの口調が急に変わったので、ジョニーはビールのグラスをさっと持ち上げた。それを口に運びながら、カウンターの奥の鏡を見ると、ネッド・レスターがこちらへ近づきつつあった。ジョニーはグラスを置き、何気なく振り返り、そして微笑みかけた。

「やあ、ネディ！」

「おまえか」レスターは顔をしかめた。「ここには近づくなと言わなかったか？」

「ここは楽しいんだよ、レスター」

「ビールを飲んでるだけでか？　ビールなんかどこでも飲めるだろう」

「こんなには美味くない。それに」ジョニーはウィンクをした。「そろそろ、なにか始まってるんじゃないかと思ったのさ」

レスターはためらったが、うなずいた。「ああ」

「やった！　案内してくれよ……」レスターが後ろを向くと、ジョニーはバーテンダーのクレムに向かってウィンクをした。そしてネッド・レスターのあとについて、賭博室のドアへと向かった。

クラップス（プレーヤーが順番に二個のサイコロを振って、出た目の合計を当てる賭博）の台のまわりに、八人から十人ほどの男たちが集まっていた。クラップス台はゴムの突起付きの低い壁に囲まれたテーブルで、表面のフェルト生地に賭けるチップを置く場所がステンシルで描いてある。スティックを持った男が台の向こう側に立っていた。男の前には、一ドル銀貨と大きな黄色いチップが積み上げられている。

「七が出ましたので、お客様の負けです」男がそう告げているところへ、ジョニーが近づいていった。

ネッド・レスターがスティックマンの視線をとらえた。「こちらのお二人も楽しみたいそうだ」

「ようこそ」スティックマンは機械的に微笑みながら言った。「次は黄色のチップ一枚のお客様、サイコロを振ってください」

ジョニーとサムは台のまわりに立った。サイコロを持った男が、それを手の中で振ってから、ゴムの壁に当たるように投げた。サイコロの目の合計は八で、男は黄色のチップを最初に置いたチップの横に並べた。

「八の目に五ドル追加」スティックマンが単調な声で言った。

サイコロを持った男が再び投げると、今度は合計が七になった。スティックマンは二枚の黄色のチップをスティックでさっと引き寄せた。「次のお客様」

「おれは二十五セントで賭ける」ジョニーが言った。

室内の全員が――サム・クラッグ以外は――ジョニーに注目した。スティックマンが礼儀正しい口調で言った。「当店ではチップとして一ドル銀貨を使っておりまして、黄色のチップは五ドルとなっております」

「アハハ」ジョニーが言った。「冗談さ。一ドル賭けるよ」彼は、いまの自分がきっかり二ドル九十四セントしか持っていないことをじゅうぶん承知していた。そして、サム・クラッグの手持ちは五セント硬貨二枚。それでも、ジョニーは一ドルを〝パスライン〟に置いた（この場合、サイコロの目の合計が七か十一なら勝ちで賭け金と同額がもらえるが、二か三か十二なら負けで、それ以外の数字ならゲーム続行となり、七が出る前にその同じ数字が再び出たら勝ち）。

「サイコロを振ってください」スティックマンが言った。

「ちょっと待った」ほかのプレーヤーの一人が言った。「新顔はいつもツキがあるんだ。やつの勝ちに、黄色のチップを二枚賭けるよ」

ジョニーは、スティックマンが差し出した大きな緑のサイコロを拾い上げると、手の中で振ってからそれを転がした。二個のサイコロはゴムの壁に当たって跳ね返り、台の真ん中で止まった。

「一と二（エース・デュース）」スティックマンが礼儀正しく言った。「クラップ（負けの数字を振り出すこと）です」

「うへえ！」サム・クラッグがうめいた。

「クラップのあとは、賭け金を二倍にするもんだ」ジョニーの勝ちに賭けて黄色のチップを二枚失ったばかりの男が言った。そして、黄色のチップを四枚置いた。

ジョニーはシャツの襟の内側に指を突っ込み、襟元をゆるめた。「おれはクラップのあとで二倍にしないんだ」彼は、最後の一枚の一ドル札を差し出した。

「チッ、チッ」ネッド・レスターがジョニーのすぐそばで言った。「楽しみに来たんじゃなかったのか」

「おれは直感でやるのさ」ジョニーが言った。「ナチュラル（一投目で七か十一を出して勝つこと）できれいに勝つのは無理だからな」

「十が出ました」スティックマンが言った。「賭け金を追加する場合の配当は二対一です（この場合、次に再び十が出たら追加した賭け金の二倍額が配当としてもらえる）」

「おれは黄色を四枚もらうぜ」ジョニーに〝相乗り〟している男が言った。そしてチップを二枚追加した。

ジョニーはにやりと笑った。「あんたと同じ賭け方をして、あんたのツキを台無しにするつもりはないよ。だが、今度はうまくいく――今度こそ」

「七です」スティックマンが言った。「店側の勝ちです。次の方どうぞ」

「おれ？」サム・クラッグが言った。「うーん」

「サイコロを振れ」ジョニーが言った。「ほら、はした金をやるから。こいつで店のツキを奪ってやろうぜ」彼はポケットから九十四セントを取り出すと、四セントだけ戻して、残りをサムに渡した。

サムは自分の五セント硬貨二枚を探り出し、ぎこちなく笑った。

「一か八かの勝負だ」そう言うと、サムは全部まとめて〝パスライン〟に置いた。

スティックマンはネッド・レスターの視線をとらえた。レスターは小声でぼそりとつぶやいた。そして短く笑った。スティックマンはスティックで小銭を回収し、一ドル銀貨を代わりに置いた。

「おれは降りるよ」ジョニーの勝ちに賭けて黄色のチップを六枚失ったばかりの男が言った。

サム・クラッグは大きな拳でサイコロを握りしめると、手の中で振ってから向こう側の壁に向かって放り投げた。サイコロはきれいに跳ね返り、こちら側の壁に当たった。

「十二」スティックマンが言って、サムの一ドル銀貨の上にもう一枚の銀貨を落とした。

「サイコロを振れ」ジョニーが言った。

サムはサイコロを振り、今度は四と三が出た。「そのまま賭け続けろ」ジョニーが助言した。

ジョニーの勝ちに賭けていたプレーヤーが黄色のチップを一枚置いたが、すぐに引っ込めた。「三連勝とはいかないだろうな」

ところが、三連勝となった。スティックマンは、積み重ねた銀貨の上にさらに四ドルを追加した。

「七ドルはもらっとくよ」サムが言い放った。

「馬鹿言うなって」ジョニーが叫んだ。「もう一回勝てるぞ」

サムは眉をひそめたが、金を台の上に置いたままにした。そしてすぐに再び七を出し、歓声をあげた。「ウォーッ！」

八枚の一ドル銀貨が、台の上の八枚に追加された。「全部賭けるぞ」ジョニーが言った。

「そいつは馬鹿げてる」傍観中の例のプレーヤーが言った。「今日は誰も五連勝はしてないんだぞ」

「サムならやれるさ。さあ行け、サム」サムはサイコロを振り、出たサイコロの目はいわゆるリトル・ジョー——つまり四だった。

「だから言っただろう」さっきのお節介男が言った。

「四はたぶん出ないぞ、サム」ジョニーが言った。「これでツキがなくなるな」

「ああ、わかってる」サムががっかりしながら言った。「やっぱりもらっとけばよかった」そしてサイコロを振ると、三と一が出た。

「なんてこったい！」サムが叫んだ。

「全部賭けるぞ」ジョニーが大声で言った。「銀貨三十二枚」

「申し訳ありません、お客様」スティックマンが言った。「当店では賭け金の上限は二十五ドルとなっております。七ドル減らしていただきます」

「なんだと?」ジョニーが叫んだ。「上限があるのか?　ちぇっ、楽しみたいのに」

「申し訳ありませんが、一回あたりの賭け金の上限が二十五ドルなのです。ポイント（一投目で勝負が決まらない場合に出た数字、つまり四、五、六、八、九、十のいずれか）が決定してから同じ金額を賭けることは可能ですが、二十五ドルが上限です」

「じゃあいいや」ジョニーが言った。「一ドル賭けろよ、サム」

「そいつは自分の頭で考えられないのか?」ネッド・レスターが怒鳴った。

「賭け金を減らせよ、サム」ジョニーは、レスターの声が聞こえなかったふりをして言った。

サムは指示に従った。「一ドルだけ賭ける」

「そりゃ間違いだ」例のプレーヤーが言った。「あんたはいまツキまくってるんだぜ。あんたに相乗りせずに損をしたけど、いまその埋め合わせをしてやる。黄色のチップ五枚だ」

サムが振ったサイコロの目の合計は十二だったので、ジョニーは声高に笑った。「ほらな?　おれにはクソ（クラップ）のにおいがわかったのさ」

「ちくしょう」さっきのプレーヤーが嘆いた。

ジョニーがウィンクをした。「ここで便乗しなよ、兄弟。これから三連勝するつもりだぜ。クラップはもう追っ払ったからな」

「いや、もうこりごりだ」

「じゃあ、上限まで賭けるんだ、サム」

「えっ？　二十五ドルかい？　そしたら残りは六ドルぽっちに――」

「二十五ドル賭けるんだ」

「賭けてください」スティックマンが言った。

「おまえらも、これでおしまいだな」レスターがせせら笑った。

サムは、見事に十一を出した。三人のプレーヤーが、即座に台の上に硬貨の雨を降らせた。「本当にツキまくってるな」だが、ジョニーとサムの勝ちに賭けて少なからぬ金額を失った男は出し渋った。

「おれは賭けないぞ。やつはもうおしまいだ」

「二十五ドルが上限です」スティックマンが警告した。彼はサムの銀貨の山の横に五枚の黄色のチップを置いた。

サムは自分の銀貨を引き取った。「オーケー、相棒。あんたのチップを使うよ。もう一度ナチュラルが出ますように……くそっ、十だ」

「賭け金を追加する場合の配当は二対一です……」

「やれよ、サム。きっとうまくいく。ツキまくってるんだぞ！」

五と五が出た。サムは自分の賭け金に加えて十五枚もの黄色のチップを手に入れた。

「運のいいやつだな」ネッド・レスターが苦々しげに言った。「雀の涙ほどのはした金で賭け始めたくせに」

「……でもこの調子なら、雀の御殿が建てられそうだぜ」ジョニーが上機嫌で言った。「上限だぞ、サミー」

サムは四を出し、再び四の目が出ることに二十五ドルを賭けて、さらにジョニーの助言により二十五ドルを〝カム〟（〝パスライン〟と同じ内容で、二投目以降に賭ける場所）に置いた。次に出たのは九だったので、再び九の目が出ることを願って二十五ドル追加した。

サムは見事に四も九も出して、黄色のチップで九十ドルを集めた（九の追加賭け金の配当は四十対二十五なのだ）。その後、ナチュラルが二度出てポイントの目が一度出たあと、七が出て負けとなってサイコロを振る権利を失ったが、それまでの十分かそこらの間に四百ドル近くを貯め込んでいた。

「さあ、これでやめられるな、運のいいやつめ」ネッド・レスターがうなるように言った。

「やめる？」ジョニーが言った。「まさか、まだ始めたばかりだ」

「おれの金でな」

「おれたちだって金はたんまり持ってるんだぜ、ミスター」

「ほう！　それなのに、小銭をちまちま数えて出してたってのか」

「店のツキを奪ってやるためにやっただけさ」ジョニーが見下すように言った。

「しかも、二十五セントから始めたいと言ったな」

「だから冗談だって」ジョニーは言った。「なあ、サム、おれは札を崩したくないんだ。そのチップを何枚か、ちょっとの間だけ貸してくれないか」

「いいとも、ジョニー、好きなだけ取ってくれ」

ジョニーとサムの勝ちに賭けた金を全部失った男が、今度はサイコロを振る番だった。「黄色五枚を賭けるぞ。こんなにツキのあるサイコロなんだし、おれも負けた分を取り戻せるんじゃないかな」

「やつの負けに黄色を五枚」ジョニーがそう言って、〝ドントパスライン〟（サイコロを振るプレーヤーの負けに賭ける場所）にチップを置いた。

例の男がジョニーをにらみつけた。「あんたの友達がツキを全部持ってっちまったってのか？」

「ああ、次に回ってくるときの分を除けば、だがな」

「へえ、そうかい！」

男はサイコロを手の中で振ってすぐに投げたが、出た目は四で、次に七を出して負けとなった。彼は苦々しげに悪態をつき、ジョニーは黄色のチップを新たに五枚手に入れた。

ほかのプレーヤーが順繰りにサイコロを振っていき、ジョニーはその全員の負けに賭け続けた。そして、サイコロを振る番が再び自分に回ってくるまでに、百ドル以上を勝ち取った。運が向いてきたと感じた彼は二十五ドルを賭けたが……クラップに終わった。

「なんてケチ臭い店なんだ！」ジョニーは大声で訴えた。「クラップのあとで賭け金を二倍にすることもできないなんて！」

ネッド・レスターがジョニーの肩をポンと叩いた。「そんな小賢しいことを言うなら、特別に上限を取っ払ってやるよ」

「たったの五十ドルぽっちだろ？」ジョニーが、軽蔑するように唇をゆがめながら言った。

「おまえの手持ち全部だ」レスターがぴしゃりと言い返した。そして、スティックマンにうなずいて合図をした。「それから、おまえのデブの友達の分も」

「誰がデブだって？」サムが迫った。

「おまえだよ！」レスターが怒鳴った。「さあ、賭けるか？　賭けないなら黙ってろ」

「賭けるとも」ジョニーが言った。「サム、台の上に全部ぶちまけろ」

「銀貨もかい？」

「銀貨もだ」

さすがのスティックマンも、とうとう落ち着きを失った。唇を噛みしめながら、黄色のチップと一ドル銀貨を積み重ねて数えている。

「六百二十九ドルだと思います」しばらくしてから、そう言った。

「そのまま賭けるぜ」ジョニーが言った。「そしておれは、ここでばっちり出してやるのさ……」

「七だ！」室内にいる全員が叫んだ。

「七だな」ジョニーが穏やかな声で言った。「まだ賭けてもいいかな、ミスター・レスター？」

「いや」レスターがだみ声で言った。「勝負はここで終わりだ」

「千二百五十八ドルだよ、ミスター・レスター。小切手はお断りだぜ」

「事務室へ来い」レスターが言った。「銀貨は台の上に置いとけ。すべて札で支払う」

「合点だ！」

「ああ、ママ、ママ、パパ！」サムはうやうやしい口調で言った。「こんなこと、生まれて初めてだよ」

「チッ、チッ、サム。ラスベガスで銀行を破産させたのを忘れたのか？　それに、シカゴでニックから一万八千ドルをふんだくった（ニックした）こともあっただろう？」

「いつの話だ……？」

「アハハ！」ジョニーは笑った。「謙遜しすぎるなよ。大丈夫。ネッドは気にしてないさ。あいつはここで仲間からたんまり巻き上げてるんだ。一度くらい損したって平気だろう」

「せいぜい面白がるがいい」レスターが不機嫌そうに言った。もう事務室に着いていて、彼は金庫を開けた。そしてブリキの箱を取り出すと、札束をふたつかみ、中からすくい上げた。二つの札束をテーブルに放り投げてから、三つめの札束の帯封を切り、二十ドル札を十二枚数えて抜き出した。さらにポケットから金を出し、十八ドルを追加した。

「さあ、これだよ。全部おまえらのものだ。千二百五十八ドル。今朝おまえらがここに来たときから、縁起の悪いやつらだとわかってたんだ」

「勝ち取ったのは千二百五十五ドルだけだぞ」ジョニーが言った。「三ドルは、おれたちが賭けた金だからな」

「そいつは大事な点だ」レスターが皮肉たっぷりに言った。「もうそれほど嫌な気分じゃないぜ。まあ、知り合えてよかったよ。じゃあな、これでおれの住所は忘れてくれ」

「いやあ、忘れたくはないね、ミスター・レスター。でも、たしかにもう行かないとまずいな。うーん、冷たいビールを一杯もらって、それから帰るとしよう」

レスターは事務室に残り、ジョニーとサムは出ていってバーへ向かった。

クレム・ミーカーは、ジョニーがバーカウンターにたどり着く前に合図をしてきた。「ブツを手に入れたぞ」彼は身を乗り出してマホガニーのカウンターを磨きながら、しゃがれ声でささやいた。「札で払ってくれ。釣り銭と一緒に渡すから」

「よく冷えたビール二つ」ジョニーが言った。

彼は五ドル札で代金を払い、釣り銭と一緒に、分厚く折りたたまれた紙を受け取った。それをズボンのポケットに突っ込んで、ビールを一気に飲み干した。

「美味いビールだな」ジョニーはサムに言った。「だが、お代わりをする時間はなさそうだ」

「ああ」サムが言った。「早いとこずらかったほうがいい」

二人はロードハウスを出て、フィリップの待つタクシーへと戻った。

「ウォータールーへ帰るぞ、フィリップ。馬を惜しまずぶっ飛ばせ（馬車の時代の言い回し）」

「イッヒッヒ」フィリップが甲高く笑った。「ちょうど馬のことを考えてたんですよ。アーリントンの第三レースはもう終わってるはずで、もしマッドミンクが勝ってなかったら、五十セント失うことになっちまう」

「もしそうなったら、おれが賭け金を出してやるよ」ジョニーが言った。「今日はすごく良くしてもらったから、なにかお礼がしたいんでね」

「やあ、あんたたちはほんとに紳士だ」フィリップが心の底から言い切った。「よし、わが家へ帰るとしよう」

〈赤い風車〉から半マイル走ったところで、砂利道が急カーブしていた。そこに、一台のリムジンが道路上に横向きで止まっていた。

第十七章

ジョニーはうめいた。「真っ昼間だってのに！」

フィリップはあわててオンボロ車のブレーキをかけた。ブレーキの利きがあまり良くなかったため車はスリップしてリムジンに突っ込み、自分のフェンダーがぐしゃっとつぶれたが、リムジンのほうにたいした被害はなかった。

二人の男がリムジンの陰から飛び出してきて、どちらも大型のオートマチックを構えていた。「おとなしく出せ！」男たちが叫んだ。

「嫌だ！」サムがヒステリックにわめいた。「あんなにたくさん勝ったのは生まれて初めてなんだから、奪われるもんか」

「おい、おまえ」銃を持った男の一人が言った。「天国にはヒーローが大勢待ってるぞ。このピストルに空包（弾頭や鉛の散弾が詰められていない弾薬を指す）は入ってないんだぜ。いいか？」

男は銃の照準をサムからそらして、フィリップの車のタイヤに向けて発砲した。シューッ、ヒューッという音を立てて、一本のタイヤの空気が抜けた。

「わかったか？」

「もういい、サム」ジョニーが絶望した気分で言った。「こういう巡り合わせだったんだ。あきらめろ」

「それはあんたに言いたいセリフだよ、ミスター。あきらめてくれ」

ジョニーは胸ポケットに手を伸ばそうとしたが、銃を持った男の一人が前に飛び出した。「動くんじゃない。おれが取る」男はジョニーのまわりをぐるりと回って、後ろから近づいた。そしてオートマチックの銃口をジョニーの背骨に押しつけると、空いているほうの手をジョニーの肩に回した。

サムはその瞬間を狙って、もう一人の男めがけて飛びかかった。ジョニーの肩に回された手が顎の下へ動き、喉をきつく締め上げた。オートマチックを背骨にごりごりとこすりつけられて、ジョニーは痛みのあまり叫び声をあげた。

サムのほうは、相手の男が引き金を引くまさにその瞬間に、男の手を叩いた。弾はサムの左のふくらはぎを焼き焦がした。だが、サムはひるまなかった。彼は銃を持った男の手首を左手でつかむと、右手でひっぱたいた。オートマチックは五十フィート先まで吹っ飛び、道路脇の茂みの奥のどこかに落ちた。

サムに手首をつかまれた男は、痛くて叫び声をあげた。サムが男の横っ面をぴしゃりと叩くと、男はがくりと膝をついた。

そのとき、サムの上着の後ろ裾を弾が貫き、ジョニー・フレッチャーを押さえつけている男が怒鳴った。「次の弾はおまえの頭をぶち抜くぞ！」

サムはくるっと振り向き、身をかがめた。「ジョニーを放せ！」彼はしゃがれ声で叫んだ。

膝をついていた男が、車に向かってあたふたと駆け出した。サムは一歩前に足を踏み出した。さっきまでジョニーの背骨に押しつけられていたオートマチックが、再び銃声をとどろかせた。サムは足を踏みそこない、四つん這いに倒れた。

オートマチックが再びジョニーの背骨に押しつけられ、それを持っている男がジョニーの耳元でうなるように言った。

「車に乗れ。さもないと、あいつを撃つぞ——急所を狙って」

体を起こしてしゃがむ姿勢になったサムは、ジョニーがオートマチックで脅されながら車に乗り込むのを見た。「待ってくれ、ジョニー!」彼はわめいた。

そして車めがけて突っ込んだが、その瞬間に車は飛ぶように発進した。

サムは絶叫した。「待てよ、てめえら汚えぞ……!」

車は土手にぶつかり、キキキーッとタイヤをきしませながら向きを変え、猛スピードで走り去った。

サムは、太腿とふくらはぎの傷口から血を流しながら、足を引きずって追いかけようとしたが無駄だった。

彼が振り返ると、フィリップはすでに自分の車から降りていた。「ナンバーを覚えましたよ!」フィリップが叫んだ。「H—2755だ!」

「ジョニーがつかまっちまった」サムはうめいた。「もし痛い目に遭わされたりしたら、絶対あいつらの手足を引きちぎって、脳みそをぶちまけてやる。その車に乗って、あいつらを追っかけよう」

「だめですよ。タイヤを撃たれちまったし、ミスター、あんたは血まみれだし。あんたも撃たれちまったんだ」

「こんなのはかすり傷だ」サムは毅然と言い返した。「そのタイヤを交換して出発しよう」

「スペアはないんですよ。買う金がなくて。でも、こいつは修理できますよ。それよりもまず、あんたのその脚を見せてくださいな」

やり場のない怒りをたぎらせながら、サムはオンボロ車の踏み板に腰を下ろした。フィリップは彼の前に膝をつくと、ズボンの裾をそっとまくった。そして口笛を吹いた。「ふくらはぎの傷はただのかすり傷だけど、もう一つのほうは……うーん……」

「痛くもかゆくもないんだ。さあ、もういいから……」

「太腿から一オンスぐらい肉が削げてますよ。弾はきれいに貫通してる。そこは運が良かった……」

「運が良かっただと！」サムはポケットからハンカチをさっと引っ張り出した。「こいつを巻いてくれ」

フィリップはチッと舌打ちをした。それからサムのハンカチを細長く折りたたみ、太腿に巻きつけた。次に自分の大きなバンダナを取り出すと、サムのハンカチの上にかぶせて包帯代わりにした。

「たぶんこれで、医者に行くまでの間はもつでしょう」

「医者に行く時間なんかない。おっ、車が来るぞ……！」

それはフィリップのタクシーと同じくらい古ぼけた車で、色あせたオーバーオールと破れたシャツを着た農夫が運転していた。彼は、サムが手を振り始める前にすでにブレーキをかけていた。

「パンクかね？」彼が尋ねた。「手を貸そうか？」

「ああ」サムが言った。「でも、まずはおれを乗せてってほしい――〈赤い風車〉まで」

「さっきの連中は逆方向へ行きましたよ」フィリップが言った。

「そうかもしれないが、ぐるっと回って〈赤い風車〉へ向かうんだろうよ。なあミスター、ナンバーがH―２７５５のリムジンを見かけなかったか？」

「さあ、見てないね。なんかあったのかい？」

「なあに、おれの手に負えないことじゃない。さあ、乗せてってくれよ、ミスター」

農夫はけげんそうにフィリップを見た。フィリップはうなずいた。「あとで戻ってきてくれれば……」

「もちろん、喜んで手を貸すとも。わかったよ、ミスター」

サムは農夫の車に乗り込み、二人は〈赤い風車〉に向かって走り出した。

「なあ、ミスター」農夫が言った。「あんた、この辺は不案内みたいだな。もしおれがあんたなら、〈赤い風車〉で向こう見ずな真似はしないよ。あの店の連中はごろつきばかりなんだ。あそこでルーレット賭博をやってるとかいう噂もある」

「ルーレットのことなんか知らないが、たぶん〈赤い風車〉は廃業になるぞ。おれがあそこに着いて五分ぐらい経ったらそうなる」

「は？」

「あの店をぶっ壊してやるからさ。おれがやり終えたら、壁一枚だって残っちゃいないだろうよ」

「うひゃあ、ミスター、〈赤い風車〉じゃあ荒っぽい真似はしないほうがいいって。オーガスト・クラフトが言うには、あそこには用心棒がいるらしいんだ。やつは知ってるはずなんだよ、本人が用心棒につまみ出されたんだからな」

「店に着いたぞ」サムが言った。「乗せてくれてありがとう。すまないが、戻ってフィリップに手を貸してやってもらえると――」

「ああ、もちろんさ。飛んで戻るよ！」

「そいつはいいや!」

サムは〈赤い風車〉のガソリンスタンドに慎重に近づいた。スタンドに着くと、入口の片側へ寄り、赤いピケット・フェンス(柱と柱の間に横木を渡し、それにとがった杭を垂直に打ちつけた柵)をつかんだ。そしていきなりひねって壊し、一カ所のフェンスを丸ごと取り外した。

ガソリンスタンドの店員が建物の中から飛び出してきた。「おい、こんなことしてどういうつもりだ?」

サムは店員を無視した。彼はフェンスから杭の部分を次々ともぎ取り、ツーバイフォーの木材でできた五フィートの横木をあらわにした。そしてその端を持ち上げると、柱の部分を下にして振り下ろし、ものすごい音を立てた。かくして、長さ五フィートのツーバイフォーの木材が手に入った。彼が木材を持ってガソリンスタンドの男のほうを向くと、男はあわてて後ずさりしながら建物の中に逃げ込んだ。

サムはひと言も言わずに通り過ぎて、誰にも邪魔されることなく丘を登り、ロードハウスのドアを蹴り開けてバーに入った。

クレム・ミーカーはサムの姿を目にすると、あからさまにたじろいだ。ネッド・レスターがバーカウンターの向こう端にいたからだ。レスターもサムがいるのに気づいた。

「ここには近づくなと言ったと思うが」レスターはうなるように言った。

サムは室内を突っ切り、バーカウンターまで二、三歩のところまで近づいた。そして意地悪くにやりと笑うと、木材を振り上げた。彼は筋肉隆々の肩に全力を込めて、バーカウンターの上に木材を振り下ろした。

ツーバイフォーの木材がマホガニーのカウンターにぶつかった衝撃音は、二マイル離れたシェルロックでも聞こえたかもしれない。マホガニーは砕けて、破片が飛び散った。

サムはツーバイフォーの木材を再び振り上げたが、頭の上で掲げたまま怒鳴った。

「金を払え、ネッド・レスター、この薄汚くて、陰険で、嘘つきで、ペテン師の臆病者め。あの千二百五十八ドルを払わねえなら、絶対なにがなんでも、てめえの安酒場を木っ端微塵にしてやるからな」

ネッド・レスターは、サムに向かって歩きかけていたのだが、その場で棒立ちになってしまった。恐怖に目を見張り、ぽかんと口を開けて。

「いったい——いったい、なにを——しようとしてる?」

「ここをぶっ壊すんだよ!」サム・クラッグが吠えた。「なにも知らないとかぬかすんじゃねえぞ。銃を持ったやつらをよこしておれたちを襲わせたのはてめえなんだから、ちゃあんと知ってるはずなんだ。おれは弾を二発ぶち込まれたし、ジョニー・フレッチャーはさらわれちまった。ジョニーを返さねえと——」

「無茶苦茶だ!」レスターがしゃがれ声で叫んだ。「おれはなにも——」

ガシャン!

ツーバイフォーの木材が再び振り下ろされ、カウンターは完全に破壊された。サムは念を押すように、くるっと向きを変えると、一台のテーブルを一撃で粉々にした。そして、ネッド・レスターに詰め寄った。

「さあ、白状しろ、レスター。白状するんだよ。これから三つ数えるから、その間に白状しなけりゃ、てめえはおっ死んで……」

狂気じみた目つきの男が、事務室のドアから飛び込んできた。その手には二連式のショットガンを握っている。

「こいつにぶっ放してやるかい、ネッド?」男が叫んだ。

「やってみやがれ!」サムが怒鳴った。そして、普通の人が細い棒っきれを放り投げるように軽々と、ツーバイフォーの木材を男に投げつけた。ショットガンの男は悲鳴をあげて――その後に銃声がとどろいた。

ショットガンの一発でバーカウンターの後ろの鏡が割れ、ガラスがガチャンと砕け散った。鉛の散弾がいくつかサム・クラッグの体に食い込んだが、サムはひるまなかった。彼は正面から飛びかかり、両腕でさっとネッド・レスターを抱え込むと、力いっぱい締めつけた。

ネッド・レスターは恐怖と苦痛のあまり絶叫した。「放せ、野蛮人、放すんだ。欲しいものはなんでもやるから、放してくれ」

サムは腕をゆるめたが、レスターの両肩をつかみ、このロードハウス経営者の歯をガタガタいわせるまで揺すぶった。

「金なんかもうどうだっていい。ジョニー・フレッチャーを出せ」

「でも、おれはやつをつかまえてなんかいない」レスターがすすり泣きながら言った。「なんの話かわからないんだ」

レスターのヒステリックな声の嘘偽りのない響きが、激しい怒りで混乱していたサムの脳内に入り込んできた。サムはレスターを放すと、その顔をじっと見つめた。

「おまえの手下が銃を持ってジョニーをさらったんじゃないのか?」

「ああ、とんでもない。なにがあったのかさえ知らないんだ」

「オートマチックを持った男二人が車に乗ってて、ナンバーはH―2755だった……おまえの手下じゃないのか……?」

「ああ、とんでもない」

「じゃあ、あいつらは誰だ?」

「知らないよ――待った！　州の自動車局に電話してみよう」レスターは壁の電話に飛びつくと、受話器をもぎ取って叫んだ。「交換手、デ・モインの自動車局につないでくれ。いや、番号は知らない。だが急いでくれ、緊急なんだ。こっちはネッド・レスターだ……」

レスターが合図をしてきたので、サムは急いで電話に近づいた。それから三十秒もしないうちに、レスターが受話器に向かって嚙みつくように言った。「自動車局か?　局長を出してくれ。ネッド・レスターから急用だと伝えてくれ。……もしもし、ハロルドか?　ネッド・レスターだ。頼みがある――急ぎなんだ。ナンバーはH―2755……この登録者の住所氏名はどうなってる?　いますぐ頼む、切らずに待ってるから……目の前にあるのか?　……もう一度言ってくれ、ハロルド……」

サムの耳に受話器が押しつけられて、こんな声が聞こえてきた。「その車はゆうべウォータールーで盗難届が出ている。オールワイン付近で大破した状態で発見されたが、ナンバープレートはなかったんだ……」

「ありがとよ、ミスター」サム・クラッグはそう言って電話を切った。

ネッド・レスターが、苦々しげな顔で彼を見た。「これで気が済んだか?」

「いや、ジョニーを見るまでは気が済まない――ぴんぴんしてるジョニーを見るまでは。でも――でも、どうやら結局、おまえの仕業じゃなかったのかもしれないな」

「当たり前だ。で、この大損害を誰が弁償してくれるんだ？」

「請求書を送ってくれ」サムは言い返した。「それでもし、おれが弁償しなかったら、訴えてくれよ」

「ここから出てってくれ」レスターがだみ声で言った。「一日でこれだけおれに大損させれば、もうじゅうぶんだろうよ。あんなに金を勝ち取って、その上――このざまだ！」

壁の電話が騒々しく鳴り出した。サムが背を向けて立ち去ろうとしたところへ、ネッド・レスターが呼びかけた。

「おい、おまえ――そこのでかいの。おまえ宛の電話だ」

サムが振り返ると、レスターが受話器を差し出していた。「えっ？　おれ宛？」

「おまえはクラッグだろう？　お友達の、あの利口なやつからだよ……」

「ジョニー！」サムはレスターのほうへ飛び跳ねるように戻ると、受話器をひったくった。「ジョニー！」彼は受話器に向かって絶叫した。「ああ、ジョニー、大丈夫かい？」

「おれは大丈夫だよ、サム」ジョニーの冷静な声が聞こえた。「というか、痛い目には遭ってないんだが――」ジョニーの声が急に途切れたので、サムは金切り声をあげた。「どうした、ジョニー？後生だから、なんか言ってくれよ……！」

ジョニーの声が、再び聞こえた。「実を言うとな、サム、例の――まあ、連中にとっつかまってるんだ。連中は、これからおれに手荒なことをするつもりだと言ってる」

「あんたを痛めつけたら、おれがただじゃ済まさないぞ！〈赤い風車〉へ来いと言ってやれよ。おれがここでどんなことをやったか見せつけてやる。あいつらに……」

「〈赤い風車〉とはなんの関係もないんだよ」ジョニーが言った。「だが連中は——えーと——連中は、あの高校新聞を欲しがってる。ほら、あれだよ……」

第十八章

　サムは目をぱちくりさせた。

「でも、ジョニー、新聞は取り上げられたんじゃないのか?」

「いや、違うんだ、サム。金は取り上げられたが――あれは違う！　でもまあ、どうやら万事休すだよ、サム。おまえが持ってると話しちまったんだ」

「だけど、おれ持ってないよ、ジョニー……」

「ウォータールーのホテルへ戻るんだ、サム。あそこでおまえ宛に電話がかかってきて、これからどうするか指示がある。わかったな、サム?　ホテルへ行って――」

　そこで電話が切れた。

　サムは震える手で受話器をフックに戻した。その様子を見ていたネッド・レスターが彼に尋ねた。

「友達になにかあったのか?」

「いや、なにもない」サムは乾いた唇をなめた。「全然なんでもない。じゃあな――もう来なくて済むといいんだが」

　サムはドアにたどり着くころにはもう駆け足になっていたが、フィリップのオンボロ車があえぎながらガソリンスタンドへちょうど走ってくるのを目にしたとき、ここ何日かで一番嬉しい気分になった。

「Uターンだ、フィリップ！」サムが叫んだ。「ウォータールーへ行くぞ！」

「おまわりに電話したんですかい？」

サムは車の後部座席に飛び乗った。「ああ、ウォータールーへすぐ戻れと言われたんだ」座席のクッションの後ろの隙間に手を突っ込んでみると、ほとんどすぐにそれが見つかった。小さく折りたたまれた全八面の新聞だ。開いて題名を読んでみる。

「『シェルロック・ハイ＝ウェイ』。じゃあ、これがそうか」サムは小声でつぶやいた。「さて、どうしてみんながあんなに騒ぎ立ててるのか見てみよう」

第一面の大半は、前の週におこなわれたウェイヴァリー高校とのフットボールの試合の記事で埋められていた。シェルロックは一二八対七で勝っていて、それが理由で大喜びしているのだ。サムは新聞をめくり、来るべき学校のダンスパーティーの告知を読み、次の面に載っていたさまざまな生徒の活動に関するくだらないお喋りも読んだ。

さらにめくって第四面を見ると、下手くそな漫画にまる一ページ割かれていた。サムはその面を飛ばして、隣の第五面へ進んだ。それから漫画に目を戻したとき、はっと息をのんだ。漫画の題名は『怪力男デクノボー』で、ヘラクレスを超える大力無双の男の冒険が描かれている。サムはもう一度題名に目をやり、次に書かれた説明に気づいた。

イーノック・ホルツマン作
「これだ！」サムは歓声をあげた。

フィリップがくるりと振り向いた。「なんかおっしゃいましたかね、ミスター？」

「ああ。ウォータールーまで、あとどれくらいある?」

「そんなにありゃしませんよ。いまちょうどシーダー・フォールズを通り過ぎましたからね。あと五マイルってとこでしょう。ねえ、マッドミンクはどうなったと思います?」

「知らないし、どうでもいいや」

「だけど、あんたらだって一ドル賭けたでしょうが!」

「でも、おれの友達は困ったことになってる。一ドルなんかよりずうっと大事なやつなんだ。それに、あいつのポケットには千二百五十八ドルも入ってたんだぞ」

「千二百——なんてえこったい!」

フィリップがアクセルを強く踏み込むと、オンボロ車のスピードは時速三十九マイル、四十マイルの危険領域まで跳ね上がった。やがて車は猛烈な勢いでコーナーを回ってウォータールーへ入り、そのまま一度も止まることなくホテルに到着した。

そこでサム・クラッグはポケットに手を入れて、顔をしかめた。「明日、ジョニーに料金を払わせるよ、フィリップ」彼は言った。「金は全部あいつが持ってるんだ。えーと、タイヤ代も込みで払うよ」

「いいですとも、だけど——」フィリップがなにか抗議しようとしたが、サムはもう聞いていなかった。ホテルに飛び込み、フロントに駆け寄った。

「ジョニー・フレッチャーとおれの部屋は、何号室だ?」

「ご存じないのですか?」

「ああ、今朝ここで鞄だけ預けたんだ。あとで部屋をとろうと思って」

「でしたら、いまお部屋を割り当ていたしましょう。そうですね、ダブルのいいお部屋がございますが。シャワーとバスタブ付きで――」

「なんでもいい。どんな部屋だっていい」

「なるほど。五ドルあたりのお部屋はいかがでしょう?」

「一ドル、五ドル、十ドル――なんでもいいから、急いでくれ!」

「かしこまりました――(ボーイに向かって)フロントへ! ミスター・クラッグのお鞄を……」

「鞄はどうでもいいから、早く部屋へ……」

「こちらのお客様を、四一八号室へご案内して」

ベルボーイがまだ鍵をなにやらごそごそしている間に、サムはさっさとエレベーターに乗り込んだ。二人は四階まで上がり、長い廊下を歩いていった。ベルボーイは四一八号室の鍵を開けると、窓をあれこれいじり、バスルームの中をのぞいた。「では、お鞄をここへお持ちしましょうか?」

「いや、しばらくこのままでいい」

「かしこまりました。あの、ほかになにかご用は?」

ベルボーイはもみ手をし始めた。サム・クラッグは顔をしかめると、ポケットの中を探り回して全財産を取り出した――たったの四セント。彼はそれをボーイに渡した。

「ありがとよ、坊や」

ベルボーイは小銭をじっと見た。「これ、なんですか?」

サムはうなると、ベルボーイのズボンの尻と襟首をつかみ、部屋の外に放り出した。「くだらない話をしてる暇なんかないいんだよ!」

ベルボーイはうまいこと足から着地して、さっさと逃げた。サムは四一八号室に戻ろうとしたが、そのとき四一七号室のドアが開き、ジル・セイヤーが顔を出した。

「まあ！」彼女は大声をあげた。

「おお、こりゃいい！」サムは叫んだ。そしていきなり娘の手首をつかむと、自分の部屋に引っ張り込んだ。

ジルは金切り声をあげた。「放してよ、このうすのろデクノボー」

「遊んでる暇はないんだ」サムが強い口調で言い返した。「ジョニー・フレッチャーがさらわれて、その原因はあんたなんだぞ」

「さらわれたって……なに言ってるの？」

「知ってるくせに。おれたちはシェルロックの近くの〈赤い風車〉へ行って、帰る途中で銃を持った二人組に襲われたんだ」

「あなた、怪我してるじゃないの！」ジル・セイヤーがいきなり叫んだ。

「おれか？　いや、こんなのはかすり傷だよ。でも、ジョニーは連れていかれちまったんだ。あの連中からここに電話がかかってくるはずで――」

「どうしてわかるの？」

「そう言ってたからさ。おれが〈赤い風車〉に戻ってあの店をめちゃめちゃにしてやってたら、連中から電話がかかってきたんだ。ここに電話が来て、どこに新聞（ペーパー）を持ってけばいいか教えてくれるんだと」

「なんの紙（ペーパー）のこと？」

サムはポケットから現物をさっと取り出した。

「これだよ。まだ手に入れてなかったのか？　やれやれ、こいつが連中の欲しがってるもので、これを渡せばジョニーを放すと言ってる。でも、よくわからんな。ここにはデクノボーのしけた漫画しか載ってないのに――」

「ちょっと見せて！」

サムはジルに手渡そうとしたが、急に警戒心が湧いてきた。「おれが持つよ」彼は『シェルロック・ハイ＝ウェイ』の第四面を開いて、ジル・セイヤーに見えるように差し出した。

彼女は少し身を乗り出した。「イーノック・ホルツマン！　でもそれって――そんな……つまり……」そこで急に、手を口に当てた。

「どういう意味だ？」サムが迫った。

「なんでもないわ。あの――どこでその新聞を手に入れたの？」

「〈赤い風車〉のバーテンダーからだ。あんたのいとこの若造は、手に入れてないのか？」

ジルは尖った白い歯で下唇を噛んだ。「ええ。その新聞を当てにして、わたしをはるばるウォータールーまで連れてきたくせに、手に入れられなかったの。なんだかわからないわ……」

「おれもだよ、姉ちゃん。でも――」サム・クラッグは急に話をやめて、くるっと振り返った。電話が鳴り出したのだ。彼は電話に飛びつくと、受話器をぐいっと外した。「サム・クラッグだ！」

「やあ」耳障りな笑い声が聞こえてきた。「まあ、よく聞けよ。おれたちはその新聞が欲しいんだ。いますぐにな」

「ジョニー・フレッチャーを放したら、こんなものいくらでもくれてやるよ」

「おれたちが新聞を手に入れたあとで、やつを放してやろう」

「だめだ、ジョニーを放すのが先だ。だって……」サムは体を強張らせた。「まだ無事かどうか、どうすればわかるんだ？」

「ああ、ちょっと待ってろよ。おい……！」

すると、ジョニー・フレッチャーの落ち着いた声が電話口に出てきた。「やあ、サミー。おれはちんけなヒーローなんかじゃないから、こいつらに言われた場所に新聞を持ってきてくれよ」

「それはどこなんだ？」

「それは——」ジョニーがなにか言いかけたところで、さえぎられた。あの耳障りな声がまた戻ってきた。

「いいだろう、もうおふざけは終わりだ。いまは三時二十八分。おまえはハイウェイ二一八号線がジェインズヴィルをぐるっと回り始めるところの——つまり西へ向かうところのカーブに、四時ちょうどに立ってろ。例の新聞を持ってこないと、利口な友達には二度と会えないぞ。わかったな？」

「ああ、もちろん」サムが叫んだ。「でも、なあ、おれは車を持ってないし、金もない。どうやってそこへ行けばいいんだ——？」

「そんなことは自分で考えろよ。四時十五分まで待ってやる。どうしようもなければ、歩いていけ」

サムは受話器を置いて、ジル・セイヤーのほうを向いた。「ジェインズヴィルって、いったいどこだ？」

「ここから十五マイルあるわ」

サムはうめいた。「あと四十五分でそこに行かなきゃならないのに、おれには車もないし、車を借りる金もない」

「わたしにはお金も車もあるわよ」ジル・セイヤーが即座に言った。

「えっ？　助けてくれるってのかい……？」

「もちろん！　わたしはおじの車を使ってるの。ここの向かいの駐車場にあるわ。ジェインズヴィルまでなら、三十分もかからずに送ってあげられる。まだ時間はあるわね……うーん、あなたに、いとこのトミー・ジョンスンと話をしてもらいたいんだけど」

「どういう意味だい——話をするって？」

「わたしには正直に話してくれないのよ」

サムの疲れきった顔に、ゆっくりと笑みが浮かんできた。「つまり、あいつに話をさせる、、、ってことだな？」

「四一五号室にいるわ」

サム・クラッグは大きな両手をピシャリと打ち合わせると、ドアに向かって大股に歩いた。ジル・セイヤーは眉をひそめながら、そのあとを追った。彼女が廊下に出てみると、サムは四一五号室のドアをドンドンと叩いていた。

「ようし、坊や、ドアを開けるんだ！」サムの声がとどろいた。「そこにいるのはわかってるんだから、黙ってたって無駄なことだぞ」

ドアがぐいっと開き、怒った顔のトミー・ジョンスンが現れた。「おい、このセイウチ野郎」そう言いかけたとき、サム・クラッグが彼を部屋の中に押し込んだ。室内でもサムはぐいぐい押し続けて、ついにトミー・ジョンスンは壁にドンと体を押しつけられた。

「おまえ、嘘ばっかりついてるそうだな、トミー」サムが言った。「それに、昔のおまえは手癖が悪かったって話も、別の人から聞いたぞ。まあ、そういうのはまったく良くないことだ。いまに本当に大きな嘘をつくようになって、深刻なトラブルに巻き込まれちまう。だから……」

サムはトミーの顔を手の甲でひっぱたいた。

サムの後ろで、ジル・セイヤーが尖った声で叫んだ。「やめて！」

トミー・ジョンスンはしゃがれ声でわめき、サムに拳で殴りかかった。サムはその拳をかわして、肩で受け止めた。そして一歩下がると、トミーの上着の前をつかみ、激しく前後に揺すぶった。

「おまえとふざけてる時間はないんだよ、トミー」サムは嚙みつくように言った。「白状するんだ。さもないと、おまえの耳が頭から外れるほど揺すぶってやる……」

「うるせえ——！」

バシッ！

サムは空いているほうの手でトミー・ジョンスンに平手打ちを食らわせ、トミーにもう一発無駄なパンチを振るわせたあと、再び平手打ちをした。トミーは服の前をつかまれたままぐったりとなり、しくしく泣き始めた。

「放してくれよ、ぼくはあんたになにもしてないのに……」

「なにもしてないだと？　たぶんおまえのせいで、おれの友達のジョニー・フレッチャーは、ひどい目に遭ってるんだぞ。いいからさっさと話すんだ」

「トミー」ジル・セイヤーが言った。「シェルロック高校の新聞について初めて知ったきっかけは、なんだったの？」

「じゃあ、きみはこいつに味方するんだな」トミーが苦々しげにうめいた。「実のいとこを裏切るのか」

「そいつは違うぞ、チビ助」サムが陽気な口調で言った。「ミス・ジルがおれを止めようとしたって無理だったんだ。ジョニー・フレッチャーの命がかかってるんだからな。さあ、質問に答えないと──」

サムが手を振り上げると、トミーが金切り声で言った。「話すよ。ネッド・レスターのところで働いてたころ、屋根裏に昔の高校新聞が山積みになってるのを見つけたんだ。当時はなんとも思わなかったんだけど、ニューヨークへ行ったとき、『怪力男デクノボー』が大金を稼ぎ出してるって話を聞いて、同じ漫画を高校新聞の中で見かけたことを思い出したんだ。まあ、少なくともぼくは同じ漫画だと思ったけど、はっきりしなかった」

「同じだったのよ、トミー」ジルが言った。「話を続けて」

「それだけだよ。あとは知ってるだろう、ジル。ぼくがきみに伝えて──」

「エグバート・クラドックの話は？」

「そんなやつ知らなかったよ！」

「待て待て！」サムが叫んだ。「あいつは殺される当日に、おまえの部屋に来てただろう」

トミー・ジョンスンの膝が急にがくっと折れて、あまりにも急だったので、サム・クラッグの手から離れて、トミーの体は床に崩れ落ちた。サムがジル・セイヤーにすばやく目をやると、彼女はいとこをじっと見下ろしていて、その顔には恐怖の表情が浮かんでいた。

「おいおい！」サムは言った。そして下に手を伸ばして、トミー・ジョンスンをぐいっと引き上げて立たせた。「話を続けな、兄弟。全部白状しろよ」

「もう、話すことはなにもないって」トミー・ジョンスンがうめいた。

ジル・セイヤーが無表情な声で言った。「クラドックに新聞のことを教えたのね」

「違う――違うよ、ぼくが教えたんじゃない。ほんとだよ、ぼくじゃない――」

バシッ！

「ご婦人に嘘をつくんじゃない」サム・クラッグが怒鳴った。

「放してやって、サム」ジルが元気のない声で言った。「放してやってちょうだい。どうせ、もう出発しないと遅れてしまうから……」

サム・クラッグはトミー・ジョンスンを放し、床に崩れ落ちるままにした。「うひゃあ、もう少しで忘れるところだった。行こうぜ……！」

サムとジルは急いでホテルを出ると、通りを渡って駐車場へ行った。ジルが係員に預かり証を渡し、ビュイックのクーペが中から出てきた。

「しっかりつかまってよ」ジルは運転席に座ってから、助手席のサムに向かってそう言った。

彼女は駐車場からクーペを急発進させて、もう少しでバスにぶつかるところだった。すばやく方向転換すると、二ブロックを猛スピードで飛ばして郊外のハイウェイに乗り入れ、そこでガソリンを補給した。

車はレインボウ・ドライヴを時速六十マイル以上のスピードでシーダー・フォールズへ走り、その小さな町をひとたび通過すると、時速七十五マイルまで加速した。

そして五、六分後、ジルはアクセルから足を離した。「あの角があなたの行き先よ。あそこで降ろすわ」

「あんたはどこへ行くんだい？」

「このまま二、三マイル走ってから、Uターンして戻ってくる。あなたの合図があるまで止まらないつもり。かなり飛ばして、誰にも疑われないようにするわ。いいわね？」

サムはうなずいた。「ああ——それからありがとよ——ジル！」

「幸運を祈ってるわ、サム！」

ジルはブレーキをかけて車を止めて、道のカーブしているところでサムを降ろした。サムは車がすばやく走り去るのを見送ってから、あたりを見回した。北と西の方角に小さな村の家々が見えるが、彼の立っている場所から半径四分の一マイルの範囲内には、一軒の家も建っていなかった。

第十九章

ジョニー・フレッチャーが銃を突きつけられてさらわれたあと経験したドライブは、短時間ながらもスリリングなものだった。リムジンの後部座席で、リボルバーの銃口を体から数インチのところまで近づけられたまま、車が時速六十マイルを上回るスピードででこぼこの砂利道を突っ走る間、彼は背中をシートにぴったりとつけて座っていた。

車は何度か急カーブを曲がり、そのたびにタイヤがキキーッときしみ、砂煙が巻き上がった。そして突然、乗り込んでから五分も経たないうちに、ブレーキがかかって車は止まった。

「出ろ」銃を持った男がジョニーに命令し、リボルバーでつついた。

暴漢たちはジョニーのあとから車を降りると、ハイウェイから少し離れたところにある風雨に傷んだロードハウスへ急いで連れていった。木の看板に〈緑のスポット〉と書いてあるのが、ジョニーの目にちらっと見えた。

彼らは裏口から中に入り、汚いエプロンを掛けたたくましい男に出迎えられた。

「客はいるか、ジェイク?」銃を持った男が尋ねた。

「いや、まだ早い。それでも、こいつは静かにさせといてくれよ。誰かにつけられてないか?」

「ああ。そっちは片付けた。ヘンリー、ナンバープレートを交換しとけ」

「オーケー、マック」車を運転していた男が外へ飛び出していった。マックと呼ばれた男は、ジョニー・フレッチャーをつついた。「二階だ、ちんぴら！」

ジョニーがきしむ階段を上ると、狭い廊下があり、ロードハウスの正面に位置するかなり広い部屋に続いていた。部屋には安っぽいシフォニア、ロールトップ・デスク、椅子二脚、そしてベッドが置いてあって、ベッドの上には虫に食われた軍用毛布が掛けられていた。

「いつまでこいつをここに置いとくつもりだい、マック？」ロードハウスのジェイクが尋ねた。

「それは状況次第だ。こいつのボディーチェックをしろ」

ジェイクはジョニー・フレッチャーの後ろに回り、マックがジョニーに銃を突きつけている間、ジョニーのポケットを徹底的に調べた。〈赤い風車〉でジョニーが勝ち取った札束を見つけたとき、ジェイクは嬉しそうに甲高い声をあげた。

「うっひゃあ、やったぜ！」

「結構だな」マックが言った。「それで経費がまかなえる。でも、新聞を探すんだ」

「ああ、あれか」ジョニーが言った。「持ってないぜ」

「ないわけないだろ！」

「うーん、まあ、調べてみなって」

ジェイクはボディーチェックを終えた。「もしこいつが二セント切手以外のものを隠してたら、マック、おれが食ってやるよ」

マックはジョニーに詰め寄ると、リボルバーをジョニーの腹に押しつけた。「三つ数える間にありかを言え……一……」

「待て待て」ジョニーが叫んだ。「三つも要らないよ。おれの友達が持ってる」

マックは熱のない口ぶりで悪態をついた。「そうなると厄介だな。あいつはたぶんいまごろ、ウォータールーへ戻る途中だろう。いや……〈赤い風車〉に引き返してるか……うーむ……」

彼はジェイクに向かってうなずいた。「シェルロックの〈赤い風車〉に電話しろ。サム・クラッグはいないかと訊くんだ」

「逆探知されちまうぞ、マック！」

「話はすぐ終わる。それにどうせ、逆探知なんかしやしないさ。それをはっきりさせてやる」

ジェイクは首を横に振ったが、ロールトップ・デスクのところへ行き、蛇腹式の蓋を開いて、受話器を取り上げた。そしてある番号に電話して、こう言った。「〈赤い風車〉か？　あの、そっちにサム・クラッグって男はいるかい？　ああ……よし！」

マックはすばやく部屋を横切り、銃をジェイクに渡した。それから受話器を取って、ジョニーに電話に出るよう命令したが、ジョニーが話している間はそばで見張っていた。

マックは受話器を叩きつけると、ジョニーに向かって怒鳴った。「クソ面倒なことになっちまったぞ。なんで自分で持ってなかったんだ？」

「おまえにとって簡単すぎるだろう。いまだって、ずいぶん簡単なことなのに」

「知ったふうな口を利きやがって」

「おまえがそうやって銃を持ってるのに、知ったかぶりはできないさ。もちろん、おれは腹を立ててる。あの千二百五十八ドルは正々堂々と勝ち取った金なのに、大事にあったためとくこともできてないんだから。なあ、おまえもこんな副業じゃあ、たいした稼ぎにならないだろう。おれと取引しないか？　金は半分やるし、誰にもひと言も言わないから」

「金は全部もらう」マックが言った。「そしておまえを始末すれば、ひと言も言えなくなるだろう。ニューヨークから出てくるんじゃなかったな。どっちみちこれは、おまえには関係ない話だったと聞いてるぞ」

「おまえも同じだよ、マック。おまえだって、金目当てで一枚嚙んでるんだろう？　まあ、おれが首を突っ込んだのも、それが理由さ」

「おまえに金を出すやつなんぞいなかっただろうが」

「それはおまえの考えだよな。おれにはうんと金払いのいい客がいたんだよ。ふーむ、おまえはその新聞と引き換えに、いくらもらうことになってるんだ？」

「じゅうぶんな額だ」

「もしそれが二千ドルより安いなら、おれに売らせたほうがいいぞ。おれは〝五〟もらうことになってる」

「五千か？」

ジョニーは、ヘンリーがマックをにらんでいるのに気づいた。「そうとも」ジョニーは陽気な口調で言った。「ひょっとすると、一万まで上げてもらえるかもな。この一件には大金が注ぎ込まれてるんだ」

「馬鹿言うなよ、ただの高校新聞じゃないか」

「そうさ。でも、なにが載ってるか知ってるか？」

「そんな価値のあるものなんか載ってるわけないだろう？」

「テレビで見たことないかな――『怪力男デクノボー』を……？」

「デクノボーだと！」ヘンリーが叫びながら部屋に入ってきた。「ああ、もちろん見てるぞ、毎晩六時半からだ。あれは面白い」

「おまえは見たことないのか？」ジョニーがマックに尋ねた。

「見たことはあるさ。それとなんの関係があるんだ？」

「大ありだよ。デクノボーがテレビで放送中なのは知ってるわけだな。デクノボーの話が描かれた漫画雑誌があって、さらにその漫画がたくさんの新聞に載ってるのは知ってるか？」

「それがどうした？」

「それはだな、デクノボーの著作権をもってるやつは、その権利で百万ドルを稼いでるってことなんだよ。あのちっぽけなシェルロックの校内新聞には、その百万ドルを奪い取る力があるんだ」

「どういうことだ！」

「わかりやすく説明してやるよ。デクノボーは一、二年前に突如現れた。マット・ボイスという名の男が、デクノボーは自分のものだと主張している。ところが――ここシェルロックのとある高校生が、十二年前にデクノボーを考え出したんだ。その最初の漫画が、校内新聞に印刷されてるんだよ」

「誰が描いたんだ？」マックが言った。

「誰がおまえをそそのかしてこんなことをやらせたんだ？」

マックは顔をしかめた。「おまえの知らないやつだよ」

「ウォータールーのデブ男だな。名前はラングフォード」

「聞いたことないね。なんでそいつがおれをけしかけておまえを襲わせたと思うんだ？」

「新聞をおれに売った値段が安すぎたからだ」

「いくらしたんだ？」

「たったの二百五十ドルさ。五百ドルぐらいやすやすと払ってやれたんだがな。もしかすると、それ以上だって」

「なんだよ、あのクソデブ！」ヘンリーが叫んだ。「おれたちに隠してたんだな」

「黙れ、ヘンリー」マックがぴしゃりと言った。「この知ったかぶり野郎は、おれたちをだましてるかもしれないんだぞ」

「かもな」ジョニーはにやりとした。

「かもな、だとよ」マックはせせら笑うと、前に足を踏み出し、いきなりジョニーの顔を拳で殴った。

ジョニーは後ろへよろけつつ、バランスを取って反撃しようとしたが、マックがリボルバーを突き出した。

「それを下ろせ」ジョニーは怒って言った。「それを下ろせ、おまえの頭をぼこぼこに殴ってやるから」

「いいだろう」マックが言った。「下ろしてやるよ」彼は銃を尻ポケットに突っ込んだあと、ジョニーが飛びかかろうとすると同時にこう言った。「ヘンリー！」

ジョニーは左の拳で殴りかかったが、マックは身軽に脇へよけた。ジョニーはぐるっと回転して、額に強打を一発食らった。そして後ろへよろめいたところへ――ヘンリーの大きな拳が、右の腎臓に命中した。

ジョニーは痛みに息をのみ、振り返ってヘンリーに殴りかかろうとして、今度はマックから顎に痛恨の一撃を食らった。ジョニーはがくりと膝をつき、耳鳴りを追い払うために頭を振り始めた。その姿勢で、マックの足がジョニーの左のこめかみを蹴り飛ばした。

ジョニーの目の前が真っ赤になり、痛みが炸裂した。あまりの激痛に絶叫するうちに、痛みは暗闇の中に溶けていった。やがて痛みが戻ってきて、彼はやっとのことで膝立ちになった。頭を上げると、目の前に豚によく似た顔があった。例の本屋、ラングフォードだ。

「連中は荒っぽい真似をしたがるんだよ」本屋はぜいぜい息をしながら言った。「怒らせるべきじゃないね」

「こいつがあんたに二百五十ドル払ったと言ってるんだが」マックが非難した。

「そんなことを？　チッ、チッ。で、金はいくら見つかったんだ？」

「えっ？」

「こいつは〈赤い風車〉で胴元をつぶしたんだよ」

「ああ、あんたの手先のクレム・ミーカーから聞いたんだな？」

「もちろん。千二百五十八ドルだ。渡してもらおうか」

「おい」ヘンリーが叫んだ。

「あれは取引には入ってなかった」マックが冷静に言った。「余分に見つけたものについては、なにも言われてないんだぞ」

「ああ、それはこいつがそんな大金を持ってるとは知らなかったからだ。まあ、その、むしろ無一文だろうと思い込んでいた。ところが、千二百ドルとはね。まあいい、おまえらも分け前をもらう権利はある。千二百五十八を三で割ろう」

「三で?」

「ヘンリーとおまえと、わたしだよ」

「ジェイクはどうなる?」

「うーん、あいつはなんの危険も冒していないだろう。便宜上、あいつの店を使わせてもらってるだけなんだから。まあ、五十八ドルやることにするか。千二百を三等分だ」

「それとは別に、仕事の報酬も支払ってくれるんだよな?」

ラングフォードはため息をついた。「おまえたちはわたしのために働いて、いままで問題なくやってきたじゃないか? うまくいったからといってうぬぼれるんじゃない。おまえらには、二人で五百ドルやると約束した。八百ドルも手に入るんだぞ。それでじゅうぶんじゃないか?」

「いや」マックが言った。

「とんでもない」ヘンリーが叫んだ。

「ずいぶん強気の交渉をするんだな、おまえらは」

「こいつだって強気だぞ」ジョニー・フレッチャーが割り込んだ。「こいつなんか、ニューヨークから一万ドルもらうことになってるんだ」

マックとヘンリーの目がジョニーに集まった。デブ男は首を横に振った。「あー、マック。わたしが入ってきたとき、なにをやっていたんだ?」

「こいつをひっぱたいて、目を回させてたところだ」

「強くひっぱたきすぎたのかもしれんな——あるいは、ひっぱたくのが足りなかったか」

「かもな」マックが言った。「でも、興味本位で訊くんだが、ニューヨークからいくらもらうことになってるんだ?」

「千ドルと、ニューヨークへ持っていくための経費だけだ」

ジョニーがくすくす笑った。「そんなこと言われて信じるやつは間抜けだぞ!」

ラングフォードはジョニーのほうを向いた。「ミスター・フレッチャー、わたしはあんたがどうも気に入らないね」

「おれもあんたが気に入らないよ」

「そのことは、あとあとまで覚えておこう。マック、もう電話をする時間じゃないのか?」

「そろそろだな。よし、カモ野郎。また相棒に話をするんだ」

「話す気になれないなあ……いや、待った、わかったよ」

「ありがとよ、兄弟。物分かりがよくなったじゃないか」マックは電話のところへ行き、ウォータールーのホテルに電話をかけた。

彼はサムを呼び出し、再びジョニーに言いたいことを言わせた。サムとの電話をようやく切ったあと、マックは問いかけるような目つきでラングフォードを見た。

「ここからそんなに遠くないよな」

「ああ、遠くはないな」ラングフォードが言った。「この男は予想していたよりも少しばかり扱いにくい。しかもクレム・ミーカーが言うには、クラッグのやつは〈赤い風車〉をほとんどばらばらにぶっ壊したらしい」

「サミーが?」ジョニーが叫んだ。「でかした」

「喜んでる場合じゃないかもしれないぞ。うーむ、マックラスキー、あいつはここへ連れてくるべきだと思う。だが、気をつけろ。ミーカーが言うには、ものすごく力の強い男らしい」

「そんなことは百も承知さ」ヘンリーが割り込んできた。「あいつの頭にブラックジャックをぶち込んで、そのあとでいろいろ質問してやるつもりだ」

「おれがおまえなら、そんな真似はしないけどな」ジョニーが警告した。

「でも、おまえはおれじゃないだろ」

第二十章

サム・クラッグがハイウェイ二一八号線の路肩に立っている間に、数台の車が通過した。一台はわざわざ速度を落として、男が声をかけてきて、乗せてやろうかと尋ねてくれた。

四時五分過ぎに、ジル・セイヤーの車がウォータールーへ向かって突っ走っていった。彼女はなんの合図も出さず、サムが見えたのかどうかさえわからなかった。

その数分後、別の車がやってきた。くたびれた赤いクーペで、かつては鮮やかな赤だったのがいまは色あせて、泥はねが飛んでいる。車はサムの前を通過するかのようにカーブの外側に膨らみかけたが、急にブレーキをかけて止まった。

マックが車から飛び降り、リボルバーを正面に向けて構えた。「新聞は持ってきたな?」彼は叫んだ。

「ああ、もちろん、ジョニーはどこだ?」

「十分後には解放してやる。新聞をよこすんだ。いますぐ!」

サム・クラッグは胸ポケットに手を伸ばした。「これだよ」と言いながら、『シェルロック・ハイ＝ウェイ』を差し出した。

「受け取ったら急いで……」サムが後ずさりしようとしたとき、マックがいきなりリボルバーの銃身で彼の頭をぶん殴った。

サムはどすんと路肩に尻餅をついた。マックは一撃で倒せなかったことを悔しがるように叫ぶと、飛びかかった。サムはそれを見て脇へ転がった。二度目のリボルバーの一撃は肩に当たり、サムはひっくり返った。だが、ひっくり返りながらも片手を伸ばして、マックの足首をつかんだ。そしてぐいっと引っ張ったので、マックは路上にばたんと倒れた。マックは恐怖のあまり大声をあげた。

「そらみろ！」ヘンリーが叫び、運転席から飛び出した。手にはブラックジャックを握りしめている。彼はそれを、サムの頭に容赦なく振り下ろした。

武器はサムの頭にまともに命中し、あまりにも強い力でぶつけられたので革が破裂して、中身の散弾が全身に降り注いだ。サムはうめきながら前に倒れ、そこへマックがリボルバーでもう一撃食らわせた。サムはぐったりして意識を失ったが、それでもマックは再び殴った。

マックは立ち上がったとき、ぶるぶる震えていた。「うへえ、こいつはまさに象並みだ」

「ブラックジャックがこいつの頭でパンクしたのを見たか？」ヘンリーが恐れ入ったように尋ねた。

「二、三マイル先から車がこっちへ来るぞ」マックが叫んだ。「急げ、こいつを車に乗せないと」

二人の男はサムをぐいぐい引きずっていき、持ち上げてクーペに乗せて、二人の間に挟んで座らせた。通りすがりの車は、クーペの中の三人がどこかおかしいとは気づかず、一人は眠っているらしいと思うだろう。

彼らは車が半マイル以内に近づく前に逃げ出したあと、時速七十五マイルまで一気に加速して、ジェインズヴィルの二番目のカーブを曲がるころには完全に引き離し、その後は六マイル先のウェイヴァリーへ向かう直線コースを走った。

ウェイヴァリーを通り過ぎて一マイルほど走ったところで、赤いクーペは道路を外れて、〈緑のスポット〉の裏に乗り入れた。

車が裏口のそばに止まると、ジェイクがほとんど即座にドアを開けた。

「静かに」ジェイクが言った。「トラックの運転手が二人、店でコーヒーを飲んでるんだ」

「なんで今日は休みだって言わなかったんだ?」マックがぴしゃりと言った。

「言えなかったんだよ。ベテランで、顔見知りだから。長居はしないだろう。こいつは二階へ運んでくれ」

マックとヘンリーはサムをクーペから滑らせて降ろしたが、一度だけ地面に落とした。階段を上っている途中でサムが足をかすかにばたつかせたので、ヘンリーがぎょっとして大声を出した。だが、サムは気を失ったまま部屋に運び込まれ、そこではラングフォードが大きなロッキングチェアから巨体をはみ出させて座り、部屋の反対側にいるジョニー・フレッチャーに銃を向けていた。

サムがどさっと床に下ろされると、ジョニーはラングフォードの銃など無視してぱっと立ち上がり、そばに飛んでいった。サムの傷だらけの体を見たとき、ジョニーは仰天して叫び声をあげた。

「てめえら……!」ジョニーはマックとヘンリーに向かって苦々しげに言った。

マックはジョニーを容赦なく蹴飛ばした。「どけよ。このゴリラには、念には念を入れとかないとな」

マックはひと巻きの物干し用ロープを床に放って、サム・クラッグの両足首を縛り始めた。それが終わると、サムの両手首をぐいっと背中側に引っ張り、しっかり縛り上げてから、手首と足首をロープでつないだあと、引き寄せて最後に結び目を作った。

「さて、起こしてやるか！」

まるでそれが聞こえたかのように、サムが目を開けた。目をぱちぱちさせてから、ジョニー・フレッチャーの心配そうな顔を見て、甲高い声で叫んだ「うわあ、こんなに早く帰ってきてくれて……いや、なんだこりゃ！」サム・クラッグは少しの間もがいたあとで、大声でわめいた。「おい、どういうつもりだ？」

マックが銃をサムの顔に突きつけた。「もう一度わめいたら、弾をお見舞いしてやるぞ」

ヘンリーが、サムの目から見える範囲内まで近寄ってきた。「おれのブラックジャックを頭で壊しやがって！」

ラングフォードが大きく咳払いをした。「静かにしてくれ」彼は『シェルロック・ハイ＝ウェイ』をトントンと叩いた。「イーノック・ホルツマンという男を知ってるのかね、フレッチャー？」

「いや、おれが知ってるはずなのか？」

「この漫画はもう見たんだろう？」

「見る必要はなかった。それがなんなのかわかってたからな――『怪力男デクノボー』の漫画だろう」

「ああ、でも、ホルツマンが誰か知らないのか？」

「知ってるよ」サム・クラッグが言った。「面白い絵を描いたやつだ。それからな、ジョニー。ジル・セイヤーはホルツマンが誰か知ってるんだぜ。おれには教えてくれなかったけど、知ってるんだ」

ラングフォードが眉をひそめたので、肉厚のしわの奥に目が隠れて、ほとんど見えなくなった。

「これをセイヤーに見せたのか？」

「ああ、こう言ってた――」

「彼女は午後の列車でニューヨークに帰ったよ」ジョニーが急いでさえぎった。

ラングフォードはうなった。「嘘だな。ミス・ジル・セイヤーのことは、あんたらのどちらよりもよく知ってるんだ。彼女のいとこのトミー――」

「……あいつは蛆虫だ！」

「いや、あいつはダニだ」ラングフォードが言った。「だが、仕事の面では役に立ってる。いい客を二人くらい送り込んでくれたからな」

「おれとエグバート・クラドックのことだろう」

「それからもう一人、直接の客ではないがな。あの若造は、自分がダイナマイトをもてあそんでいるとは知らずに、ささやかなゆすりを働こうとしたんだ。まだ指をやけどしていないとは、運のいいやつだ」

「今度あいつに会ったら、指を切り落としてやる」ジョニーが容赦なく言った。

「今度はいつ会えるのかね」マックが皮肉っぽく口を挟んだ。

「どういう意味だ？」

「言った通りだよ。なあ、ラングフォード、よく考えてみたことはないか？　おれたちははした金しかもらえないのに、ニューヨークのあんたの客は百万ドルももってるんだぜ」

「それについては考えていたし、マックラスキー、おまえの言いたいことはわかる。わかるだけじゃない、予想済みだったさ。ここへ来る前に、長距離電話をかけたんだ。あいつはいまやきもきしているのさ。今夜また電話すると言ってやった。あっちの件は問題ないがこっちの件が気に入らない、とほのめかされたよ。ミスター・フレッチャーのことだそうだ」

「いくらで？」

「千ドル追加すると言ってきた。もっと欲しいと要求してある」

「一万支払ってもらおうぜ」

「おい」ジョニーが言った。「おまえらが話し合ってるのは、おれのことか？」

「黙ってろ、フレッチャー」ラングフォードが言った。「さもないと、猿ぐつわをはめるしかなくなるぞ。マックラスキー、一万まで上げてもらえるかどうかはわからんな。あいつが理解しているとは思えない」

「きっと理解してもらうしかないだろうよ。この仕事にはそれだけの価値があるんだ。大変な危険を冒すんだからな」

「ちょっと待ってくれよ」ヘンリーが割り込んだ。「おれはなんでもやる気はあるが、殺しだけは性に合わないんだ」

「おい！」サム・クラッグが叫んだ。「なんの話をしてるんだ――殺しだと？」

「黙ってろ」マックが怒鳴った。

「黙るもんか」サム・クラッグがわめいた。「ほったらかされたままでいるのもあまり好きじゃないけど、殺しの話が始まって、殺されるのがおれだったら――」

「黙れと言っただろう！」マックはリボルバーをさっと構えると、サム・クラッグに詰め寄った。

サムはすぐさまごろりと転がり、かかとを床にバンバン打ちつけた。「やめろ、助けてくれ、警察を呼べ……！」

「撃つな！」ラングフォードが情けない声で言った。「下に客がいるんだぞ……！」

「こいつの頭をかち割ってやる」マックはいきり立った。「ヘンリー、こいつをつかまえてろ」

ヘンリーは疑わしげな様子だったが、前に歩み出てサム・クラッグを押さえ、マックがリボルバーでサムを殴りつけた。すると突然、ジョニー・フレッチャーが座っていたベッドの上から前に飛び出し、ヘンリーの脚に頭と肩で体当たりした。ヘンリーは前につんのめり、サム・クラッグの上に倒れかかった。

そのときジョニー・フレッチャーは、半ば期待していたものを目の当たりにした。それは、サム・クラッグがとてつもない力を発揮することだ。この大男の筋肉に潜むパワーを知っているのは、彼だけだった。

サム・クラッグは、脚と腕を同時に強く引っ張った。手首と足首をつないでいたロープが、ブチッと音を立ててちぎれた。次に両手を前後に激しくひねると、ロープがゆるんだ。ロープに血がにじんでいたが、サムは気にしていない様子だった。彼は咆哮を発し、マックの両足首めがけて両手を突き出した。

つかまえたのは片方の足首だけだったものの、マックは恐怖のあまり悲鳴をあげた。彼は銃でサムの頭を殴りつけようとしたが、銃は当たらなかった。サムが足首をぐいっと引っ張って、バランスを崩させたからだ。

ジョニーは、ヘンリーに組みつこうとしたそのとき、ロードハウスの主人のジェイクが細い木の幹のように見える長い棒を持って部屋に飛び込んでくるのを目にした。ジョニーは大声で叫ぶと、ジェイクめがけて突進した。振り回された棍棒はかいくぐったが、ジェイクに腰をつかまれて、床に投げ倒された。

その間に、サムはすでにマックの手から銃を叩き落として、どうにか膝立ちになっていた。足首は縛られたままだが、そのロープをひきちぎる時間はなさそうだった。ヘンリーはサムの後頭部を両手の拳で殴りつけているし、マックはありったけの力を振り絞ってサムと戦っている。さらに正面には肥満体のラングフォードがいて、撃つなと命令したばかりのくせに、床の上の格闘を目で追って、マックもヘンリーも撃つことなくサムをリボルバーで狙い撃ちする機会を探っていた。

ジョニーはジェイクの相手で手いっぱいで、それどころか勝ち目はなかった。サムはヘンリーとマックの両方と取っ組み合いながら、二人のどちらかをラングフォードから身を守るための盾として使い続けようとしていた。

本屋の巨体が重々しく前へ動き、左右に揺れながら進み始めた。サムはそれを目にすると、死に物狂いの力をいきなり発揮して、マックを体ごと持ち上げて、ラングフォードに向かって投げつけた。デブ男はボウリングの球が当たったかのように後ろにひっくり返り、マックとからまって動けなくなった。

サムはくるりと半回転すると、ヘンリーの顔に容赦ない一撃を食らわせてボウリングのピンのように吹っ飛ばしたあとで、足首に手を伸ばしてロープをつかみ、糸のようにたやすくちぎった。そしてぴょんと立ち上がり、マックとラングフォードが体を起こそうとしているところへ飛び込んだ。サムはマックを片手でさっと持ち上げると、反対側の手を拳にしてぶん殴り、脇へぽいっと放り投げた。

次にサムは、体重三百ポンドのラングフォードへ手を伸ばした。上着を両手でつかんだが、デブ男を引き上げようとしたとき、上着はびりびりに裂けてしまった。

ラングフォードは恐怖のあまり、泣きそうな声で言った。「やめろ——痛めつけないでくれ、い——痛みは我慢できないんだ」

「へえ、そいつは驚いた！」サムはぶっきらぼうに言い返した。そして身をかがめて、ラングフォードの手から銃を叩き落とした。「立ち上がれ、さもないと顔を蹴飛ばすぞ」

ラングフォードにとって立ち上がるのはかなりの苦労だったが、なんとかやってのけた。

その瞬間、ジョニー・フレッチャーが大声をあげた。「サム——助けてくれ！」

サムがさっと肩越しに振り返ると、仰向けになったジョニーをジェイクが膝で押さえつけながら、手を伸ばして棍棒を取ろうとしていた。サムはうなり、デブのラングフォードの腹を拳で思い切り殴った。ありったけの力を込めたので、拳はぶよぶよの腹の中に少なくとも一フィートはめり込んだ。

ラングフォードが倒れるのを待つことなく、サムはくるっと後ろを向いてジェイクに襲いかかった。

ロードハウスの主人はしゃがれ声で叫び、あわててジョニーから離れようとしたが、ジョニーは彼にしがみつき、そしてサム・クラッグが二人を引きはがして、ジェイクを部屋の真ん中まで投げ飛ばした。

その後、サムはとてつもなく大きなため息をつくと、パチンと両手を打ち合わせた。

「こんなにたっぷり運動したのは、久しぶりだ！」

ジョニーは立ち上がり、部屋を見回した。そして、感心したように口笛を吹いた。

「すげえな！」

部屋の反対側ではラングフォードが床に座り込んでいて、両手で腹を押さえて、口を開けている。顔は紫色で、サムにとてつもない一撃を食らってから、まだ呼吸が戻っていないようだった。

マックは床の上に横たわり、開いた口から唾液が垂れていた。気絶しているのだ。そのすぐそばで、ヘンリーが四つん這いになろうとしてもがいていた。鼻血がだらだら流れていて、うめき声を漏らしている。

ジェイクはうつ伏せになり、気絶していた。

ジョニーはふらふらする足取りでラングフォードのほうへ行き、身をかがめると、デブ男の上着の前を開けた。その瞬間、ラングフォードは息を吐き出して、ちょっとしたサイクロンのようだった。だが、ジョニーはラングフォードの胸ポケットから折りたたまれた高校新聞をさっと抜き取り、次にマックのほうを向いた。

ジョニーは暴漢のポケットを探って、丸めた分厚い札束と、それよりも薄い札束を取り出した。そして薄いほうの枚数を数えた。

「二百十ドルか、結構結構結構。こいつはおれから借りてった金の利息としてもらっとこう。オーケー、サム、ずらかるぞ!」

「こいつらにもう用はないのか?」

「ああ、もうじゅうぶん痛めつけたしな」

「でも、ニューヨークにいるやつってのが誰なのか、知らないだろう?」

「それは、あの大都会を発つ前から知ってたんだ。でも、証拠がなかった。だからここへ来たのさ――証拠を手に入れるために。さあ、もう帰ろうぜ」

急いで階段を下りて一階に着くと、安っぽいレストランに客の姿はなかった。ドアを開けて外に足を踏み出したちょうどそのとき、ジル・セイヤーのクーペが道路から砂利の駐車スペースに入ってきた。

彼女は二人に呼びかけた。「サム・クラッグ——ジョニー・フレッチャー！　二人とも大丈夫？」

「気分爽快だよ」サム・クラッグが有頂天で言った。

「おれもだ」ジョニーが言った。「いやあ、どうしてこの絶好の瞬間に登場できたんだい？」

「ずっと行ったり来たりしてたのよ。サムを連れてきた車のあとを追ってここへ来て、もしあと一、二分後にサムが出てこなかったら州警察を電話で呼ぼうと心に決めてたの」

ジョニーは口元をゆがめて笑った。「どこから電話するつもりだったんだ？　この店の中から？」

ジルは真っ赤になった。「あ、あの——銃があるもの」そして、横の座席に置かれたハンドバッグに目をやった。

ジョニーはハンドバッグを取って、手で重さを量った。かなり小さい銃らしい。

「するときみは、一人でおれたちを助け出してくれるつもりだったんだな？　待ちきれなかったのが残念だ。でも、大事をとって、できるだけ急いでここから逃げ出したほうがいいと思う。あいつらも銃を持ってるからな」

「さあ、乗って！」

三十秒後、クーペはウォータールーの方角へ突っ走っていた。

第二十一章

シカゴ発の飛行機は午前八時数分過ぎにラ・ガーディア空港に着陸し、九時十五分前にジル・セイヤーとジョニー・フレッチャーとサム・クラッグは〈四十五丁目ホテル〉の前でタクシーから降りていた。

ピーボディの勤務時間にはまだ早すぎたが、エディー・ミラーはロビーにいた。三人が入ってくるのを見ると、彼はにやにや笑った。

「みなさん、ご旅行だったんですよね？」エディーが尋ねた。

「ああ、旅行中だったさ」ジョニーが答えた。「氷水が欲しくなることがあれば知らせるよ」

「そうですか。いえ、昨日は一日中おまわりがこの辺にいたってことをお伝えしようとしただけなんですよ。どちらのお部屋も捜索されてましたし――まあ、そのうち連絡があるでしょうね」

「どちらのお部屋も、と言ったな、エディー？」

「ええ、どちらもですよ。ミス・セイヤーのトランクから血痕が見つかったとかなんとか話しているのを聞いたんですが、そんなはずありませんよね？」

「馬鹿馬鹿しい！」ジル・セイヤーが叫んだ。

「ええ、そうですとも、わたしもマディガン警部補に、そう言ってやったんですよ」

「エディー」ジョニーが険しい顔で言った。「クリスマスが来たらおまえに高額の小切手をやるから、忘れないよう言ってくれ。不渡り小切手だけどな……上に行くぞ！」

エレベーターの中でジルは話を始めようとしたが、ジョニーがウィンクで合図をした。三人とも七階で降りて、ジルが自分の部屋の鍵を開けた。

「まあ！」彼女は部屋が散らかっているのを見て、大声をあげた。

「不器用な犬っころどもが、元通りに片付けてくれるとでも思ってたのかい」ジョニーはうんざりしたように言った。

「でも、おれたちの部屋はそれほどめちゃめちゃにはされないだろうな」サムが言った。「めちゃめちゃにするものがないんだもの」

ジルはジョニーのほうを向き、心配そうな表情を浮かべた。「これからどうするつもり？」

「まだわからない。状況を判断したいんだ。おれたちがいない間に、何事か起こっているかもしれないし。おれはこれから身ぎれいにしたあと、急いで朝飯を済ませるつもりだ。きみはしばらくはここにいるんだろう？」

「もちろん。何本か電話をしなくちゃいけないの。ほら、仕事が放りっぱなしだったから。締め切りだってあったのに」

「あとで電話するよ」

ジョニーとサムは階段を上って八階へ行き、ジョニーが八二一号室のドアの鍵穴に鍵を差し込んだ。鍵は回ったが、ドアは開かなかった。彼はドアを押してノブをガチャガチャさせてから、もう一度鍵を差し込んでみた。

今度も鍵は回ったが、ジョニーがドアを押す必要はなかった。内側から誰かがドアを引いて開けたのだ。

長身のジェファースン・トッドが、ジョニーを上から見下ろしていた。

「戻ってきたのか！」

「おい！」サム・クラッグが叫んだ。「おれたちの部屋でいったいなにしてるんだよ？」

「おまえたちの部屋だと？　ここはおれの部屋だ。ゆうべ借りたんだ」

「馬鹿なこと言うなよ、ジェファースン」ジョニーがぴしゃりと言った。「おれたちはここの部屋代を前金で払ってるんだ」

「そんなこと知るはずないだろう。おれは部屋を頼んで、この部屋をよこされただけなんだ。おまえらがホテル側に相談するしかないと思うぞ」

サム・クラッグが大きな手を伸ばして、トッドを脇に払いのけた。そして大股で部屋に入ると、トランクを探した。だが、どこにもなかった。

「なんと、汚いやつ……！　ピーボディめ、いまに見てろよ」

「おまえらが逃げ出したと思ったんだろうな。なにしろ、警察がおまえらをあちこち探し回って――」

「それは嘘だな、ジェファースン。おまわりはおれたちに用はなかった。マディガン警部補から太鼓判を押されてるんだからな」

「本当か？　気が変わったのかもしれないぞ。彼が血痕を発見したとかいう話を聞いたような気がする――血痕を洗い落とした跡を――ミス・セイヤーのトランクの中で見つけたとか。おまえら二人を重要証人にするつもりなんだと思うぞ。少なくとも、証人にな」

「少なくとも、なにもない。マディガンの言い分なんか、おれはいつでも好きなときにつぶせるんだ」

「えっ？」ジェファースン・トッドの細身の体が前に乗り出し、大きな喉仏が上下に動いた。「それはそうと、いままでどこにいたんだ？」

「〝アイオウェイ、背の高いトウモロコシの育つところ〟（「アイオワ・コーン・ソング」というアイオワ州にちなんだ有名な歌の歌詞）さ」

「アイオワ……おい、例の珍しい本の業者か――」

「そいつは昨日、廃業したと思うぞ。おまえなら気に入ったはずだよ、ジェファースン。おまえが痩せてるのと同じくらい、そいつは太ってたんだ。一緒に商売を始めてもよかったんじゃないか」

「ワハハ！」サム・クラッグが大笑いした。

ジェファースン・トッドは、怒りで顔が真っ赤になった。「勝手に冗談言ってろよ。でも、おれはこの事件を自分で解決できたと思ってる」

「まだ言うなよ、当てるから」ジョニーは指をパチンと鳴らして言った。「殺人犯は、怪力男デクノボーだな」

「そいつはただの共犯だ。クラドックはゆすり屋だった。ボイスとダン・マーフィーをゆすっていた。あいつらがかつて一緒に商売をやっていたのは覚えてるだろう。クラドックは罪をかぶって服役した。そして出所してみると、ボイスはマーフィーを厄介払いして、成功の波に乗っていた。クラドックはその分け前にあずかろうとして、ボイスはそれが気に入らなかった。だから――始末したんだ！」

「そうなると、ボイスは自殺したのか？」

ジェファースン・トッドは鼻であしらった。「マーフィーとボイスとクラドックは全員、元は例のゆすり雑誌の共犯者だったって言っただろう。マーフィーはのけ者にされたわけだが、ボイスについて密告すると、自分自身も巻き込まれてしまう。ゆすりと殺しとは別問題だ。ボイスがクラドックを殺したとき、マーフィーは怖くなり、それで先手を打ってボイスを殺したのさ」

「かもしれないな」ジョニー・フレッチャーが言った。「かもしれん。ボイスはおれたちを雇って、女房と離婚するための証拠を手に入れようとした。女房がマーフィーと浮気しているのを知ってたからだ。ふーむ。そして、ルルはボイスの金を相続する。百万ドルだ。マディガンはおまえの説について、どう思ってる?」

「あいつには話してない。あいつにはセイヤーのトランクの血痕しか見えてないんだ。その点は単純な話さ。ケン・バリンジャーがここでホテル住まいをしているから、クラドックはここにしょっちゅう来ていた。当然ながら、ボイスは自分の執務室で殺すつもりはなかった。だから、ここまでやつのあとをつけてきて……」

「……そして、ジルの部屋に誘い込んだってわけか！」

ジェファースン・トッドの目がぎらりと光った。「どうせ、殺人の証拠はどれも状況証拠なんだ。殺人は観衆の前でおこなわれるわけじゃないからな。それで――」

半分開いたドアに誰かが倒れかかり、ケン・バリンジャーがよろよろと部屋の中に入ってきた。

「ここにいたのか」彼は酔っ払った口調で叫んだ。「おまえ、おれの彼女と駆け落ちしたな？　横取りしやがったな？　誰だって、おれにそんなことするやつは、ただじゃおかねえぞ。誰だって――」

彼はジョニー・フレッチャーに殴りかかったが、ジョニーはたっぷり六フィートは離れていて、二人の間にジェファースン・トッドがいたので、ケンに殴られたのはトッドだった。ケンの拳は、トッドの顎に斜め横から当たった。

「こいつは驚いた！」サム・クラッグが叫んだ。「朝飯前に酔っ払ってるやつなんて、見たことないや」

「この酔っ払いの与太者め」ジェファースン・トッドは怒って言った。「こうなったら――」

「やりたきゃやってみろよ、どうなるか。それからデクノボー、おまえは身の程を思い知らせてやる。おれがおまえを作ったんだから、ぶちのめすことだってできるんだ」

「なんてやつだ！」サムは感心して小声で言った。

ケン・バリンジャーはのそのそ歩いてサム・クラッグに近づくと、慎重に狙いを定めて、サムの頭めがけてパンチを放った。サムは半ば向きを変えて、相手をいなした。パンチを肩に受けると、あくびをして、ケンが再び殴りかかってくるのを待った。ケンは殴りかかり、拳がサムの顎に命中した。

面白がりながら見守っていたジョニーは、サムの目玉が飛び出るのを目撃した。するとサムは握り拳を振り回し、ケン・バリンジャーを打ち倒してジェファースン・トッドのもとへ返した。トッドは壁にぶつかり、大声でわめいた。

「やめろ、この与太者ども。おれの部屋から出ていけ」

ジョニーはサムにウィンクをして、奮起したサムはジェファースン・トッドに詰め寄り、部屋の外へ押し出した。

「ここはおれたちの部屋だぞ、トッド。立ち入るんじゃない。そしてそれは、ピーボディにも当てはまる。おれがそう言ったと伝えてくれよ」

「おまえを殺してやるぞ、デクノボー」ケン・バリンジャーが酔っ払い口調でわめいた。「おれは小突き回されたりしない。こき使われるのは、もううんざりで飽き飽きで、我慢するつもりはないんだ。いいか?」

「おれも我慢しないだろうよ。もしおれがおまえならな、ケニー坊や」サムはそう言って、ジェファースン・トッドに続いてケンも部屋の外に押し出した。そして、ドアの内側の差し錠をかけた。「朝飯前に酔っ払うやつがいるとはな」

「もしかして、朝飯の時間だと知らないんじゃないか」ジョニーが言った。「まだゆうべの続きなのかもしれない。知ってるか、おれたちは酔っ払ってないときのケン・バリンジャーをまだ一度も見ていないんだ」

「ああ、見てないな。朝飯と言えば、食えるとありがたいな。飛行機の中で出されたあのちっぽけな軽食じゃあ、食った気がしなかったんだ」

「ああ。でも、この部屋を留守にしたら、また取り上げられちまうかもしれないぞ」

「ピーボディにそんなことができるものなら、見せてもらおうぜ。だんだん腹が立ってきたぞ、ジョニー。みんながおれをいじめるんだ」

「ケン・バリンジャーそっくりだな。あいつも、みんながいじめると言ってる」

「それはあいつ自身のせいだな。でも、おれは違うぞ。朝飯に行く準備はいいか?」

「ああ、行こう」

二人は八二一号室を出て、エレベーターで一階に下りた。そして、ピーボディがちょうど勤務に入ろうとしているところに出くわした。ジェファースン・トッドは、ホテルからこっそり抜け出そうとしていた。

「フレッチャー」ピーボディがうめいた。「もう二度と来ないでくれればと願っていたんですがね」

「そうすれば、前払いした部屋代を持ち逃げできるからか？　悪いね、おっさん。あのトッドとかいうやつの荷物を始末して、おれたちの荷物を部屋に戻しといてくれないかな……部屋の燻蒸消毒を済ませたあとで」

「ホテル業界なんかに入るんじゃなかった」支配人は嘆いた。「あなたが戻ってきた以上、殺人やらなにやら、あらゆる出来事が起こるんでしょうよ」

「殺人はもう起こらないよ、ピーボディ。ちょっとした騒動はあるかもしれないけど……」ジョニーは言いかけのまま、ドアに向かった。

二人は向かいのカフェテリアに入り、たっぷりとした朝食をとった。カフェテリアを出たとき、十時二十分前になっていた。

「さてと、デクノボー組の連中に会いに行くか」ジョニーが言った。「タクシー！」

数分後、二人はボイス出版社のオフィスが入っている大きなビルの前でタクシーを降りた。エレベーターで上階へ行き、贅沢な待合室に入った。

ジョニーは受付係に愛想よく微笑みかけた。「おれのこと覚えてるかい？　ボスに会いたいんだが」

「ミセス・ボイスですか？」

「その通り」

「どのようなご用件でしょうか？」

「えーと、ダン・マーフィーについてだな」

「それなら、ミスター・マーフィーにお会いになったらいかがでしょう」

「ああ、ここにいるのか……こんなに早く？　まあいい、おれが来たと伝えてくれ」

「お名前は？」

「先日来たときと同じだよ。フレッチャーだ」

第二十二章

受付係は、小さなガラス窓を閉めた。彼女の電話が終わったあとも窓は閉まったままだったが、すぐにドアが開き、ダン・マーフィーが現れた。

「なんの用だ、フレッチャー?」ダンは喧嘩腰で尋ねてきた。

「おめでとう」

「なにがめでたいんだ?」

「引っ越しおめでとう、だよ。あんたは時間を無駄にしないんだな」

「とっとと出ていけ。そして二度と近づくな」

「うわあ、タフガイだ」サム・クラッグが言った。

マーフィーは一歩下がって、ドアノブをつかんだ。「わたしに喧嘩を売るんじゃないぞ」

「いや、そんなことは全然考えてなかったよ」ジョニーが言った。「あんたはデクノボーを失うことになると伝えるために立ち寄っただけさ」

マーフィーはドアを開けかけて、振り返った。「なんだと?」

「いや、あんたはデクノボーの件で訴えられるんだよ。盗作で」

「なんの話なんだ?」

ジョニーは愛想よく微笑んだ。「中に入らないか?」

マーフィーは一瞬、躊躇した。「来い」

彼は先に立って長い廊下を歩き、マット・ボイスのものだった執務室に着くと、ノックもせず中に入った。ルル・ボイスはこれまで以上に美しく魅力的で、亡き夫の回転椅子に腰を下ろしていた。

「あら、ミスター・フレッチャー!」彼女は叫んだ。「それに、デクノボーまで!」

「元気かい、ミセス・ボイス?」ジョニーが言った。「へえ、もしどんな執務室もこんなふうなら、おれも会社とやらで働いてみたいな」

「どうぞ話を始めてちょうだい、ミスター・フレッチャー」ルル・ボイスが勧めた。「あなたの話しぶり、大好きなのよ。さあ始めて、その間にこちらは電話をかけるから。ええ、警察にね。警察があなたを探しているそうじゃないの」

「ちょっと待ってくれ、ルー」ダン・マーフィーが話をさえぎった。「こいつは、誰かがきみを相手取って訴訟を起こそうとしていると告げ口しに来たんだ。盗作の訴訟を」

「盗作? なんのこと?」

ジョニーがくすくす笑った。「ああ、お気の毒に。どうやらボイス出版社はデクノボーのアイデアを盗んだらしくて、本物の著作権所有者があんたを訴えるようだよ。もしそいつが勝てば、デクノボーがいままで稼いだすべての金がそいつのものになる」

「馬鹿なことを!」

ジョニーは『シェルロック・ハイ=ウェイ』をポケットから取り出すと、デクノボーの漫画が載っている面を開きながら、ルル・ボイスの机に近づいた。そして身を乗り出して新聞を押さえて、ルルに漫画が見えるようにした。ジョニーはルルの顔を観察し、頬から血の気が引いていくのを見た。

「どこで手に入れたの？」少ししてから、彼女が尋ねた。

「高校の校内新聞だよ。発行は一九五二年――十二年前だ。つまり、デクノボーがこの地で花開くよりも十年ほど前のことになる」

「その新聞を見せろ」マーフィーが叫んだ。

ジョニーは振り向いて新聞を見せたが、マーフィーの手の届く距離には近づかせなかった。マーフィーは毒づき始めた。「デクノボーを世に出したのはわたしなんだぞ。マット・ボイスに盗まれたんだ」

「で、あんたはどこで盗んだんだい？」

「盗んだんじゃない。ケン・バリンジャーがアイデアを出したんだ。あいつはわたしから給料をもらって働いていたんだから、当然そのアイデアは会社の所有物になる」

「でも、ここに載ってる漫画の作者名は、イーノック・ホルツマンだぞ」

「イーノック・ホルツマンとは、いったい誰なんだ？」

「シェルロック高校に通っていた少年さ……十二年前にね」

「十二年前はわかったが、いまはどこにいる？　それが訴えようとしているやつなのか？」

「ああ。これを見たあとで、彼にもじゅうぶんな言い分があると思うかい？」

「こんなものは偽物だ。いくらでも偽造できる」

「いや、シェルロック高校の一九五二年の卒業生全員が証人になるだろう。それに――この著作権は生きている。あんたに弁解の根拠はないんだ！」

「訴えればいいのよ！」ルル・ボイスが叫んだ。「こうなったらとことん戦って――」

「ちょっと待ってくれ、ルー」マーフィーが言った。「この件はじっくり話し合おう。フレッチャー、その新聞はどこで手に入れたんだ？」

「アイオワだ。昨日行ってきたんだ」

「どうしてそんなところへ行ったんだ？　あんたはこの件に、どんなかかわりがあるんだ？」

「いや、二人の男が殺されただろう。エグバート・クラドックと――」

「やめて！」ルル・ボイスが身震いした。

「やめないね。エグバート・クラドックはこれと同じ新聞を手に入れて、その日のうちに殺された。次にマット――」

「待て、フレッチャー。あんたの話はつじつまが合わないぞ。もしこのイーノック・ホルツマンにそれほどじゅうぶんな言い分があるなら、なぜマットを殺したいと思うんだ？　クラドックの件はわかる。マットから金をゆすろうとしたのかもしれない。それで以前も服役しているわけだし。でも、マットを殺すことで、どうやって金が手に入るんだ？」

「まあ、その点はおれもちょっと悩んだんだが……」ジョニーは言葉を切った。ルル・ボイスの机の電話が鳴り出したからで、彼女は受話器を取った。

「誰なの？」叫び声が出た。「いいえ！……結構よ！」彼女は電話を切った。「ミスター・フレッチャー、意外なお客様が来るから、覚悟なさい……」

ジョニーの後ろでドアがさっと開き、マディガン警部補の声がとどろいた。「ジョニー・フレッチャー！」

「やあ、マディ」ジョニーが言った。「トッドは時間を無駄にしなかったようだな」

「なぜ市外へ逃げた？　近くにいてもらう必要があったのは、よく知ってただろうが」

「知ってたさ。でも、ここにいたんじゃ、あんたの事件を解決してやれなかったからね」

「ふざけるんじゃない、フレッチャー。おれは怒ってるんだぞ。上からこっぴどく叱責されて……」

「そいつは気の毒だったけど、この事件を解決したら、上からお許しをもらえるだけでなく、警部に昇進させてもらえるぜ」

マディガンは顔をしかめてから、室内をすばやく見回した。「おまえはここでなにをしてるんだ、フレッチャー？」

ジョニーはため息をついた。「だから、あんたの扱う事件を解決してやってるんだよ。いつもそうだろう？」

マディガンは背後のドアを閉めるのを忘れていたので、廊下で大騒ぎしている声が広い執務室にまで聞こえてきた。ドアの近くにいたサム・クラッグが、外に顔を突き出した。

「おいおい、例の男がまた来たぞ！」

「放せ、ハリー！」酔っ払ったケン・バリンジャーのわめき声がした。「放せよ、さもないと、ぶちのめすぞ」

「あの酔っ払いのろくでなしか」ダン・マーフィーが、腹立たしげに歯を食いしばった。

「ここに連れてこい」ジョニーが言った。「二人ともだ」

「おれが？」サムは問いかけるようにジョニーを見て、ジョニーがうなずくと、サムは執務室を飛び出した。

外でさらに小競り合いが起こったが、やがてサム・クラッグが戻ってきて、ケン・バリンジャーを前に突き出した。ハリー・ヘイルがあとからついてきた。唇が切れて、ひどく出血している。

「へーえ！」ケン・バリンジャーが苦々しげに叫んだ。「すると、全員ここにいるんだな。ハゲタカどもが、骨までしゃぶりに来たのか」

「バリンジャー」マーフィーが怒り狂って言った。「おまえはもうクビだ」

「おれはおととい辞めたんだよ」ケンが言い返した。「あんたがボスになる前に辞めたわけで、おれがあんたのことをどう思ってるか、知ってるよな？」

「黙れ、バリンジャー」マディガン警部補がうなるように言った。「おまえがあちこち千鳥足で歩きながら、酔った勢いでべらべら喋ってるのに、もううんざりしてきたところなんだ」

「おれはかまわないけどな」サム・クラッグがくすくす笑った。「いい運動になる」

「デクノボー」ケン・バリンジャーが怒鳴った。「てめえ……！」

サムはケンに詰め寄ったが、ジョニーが手を振って下がらせた。

「ようし、諸君」ジョニーは声を張り上げた。「せっかく全員がここにいるんだから、この話をもう一度最初からおさらいしてみてもいいだろう。マーフィー、おれの理解では、バリンジャーはあんたの下で働いていたころ、デクノボーを生み出した――いや、生み出したとは言えないな――デクノボーの漫画を、あんたのために最初に描いた。それで合ってるかな？」

「ああ。三年足らず前の出来事だ」

「そうだ。そして、あんたがいま見たこの高校新聞は、十二年前の日付なのに、同じような漫画が、『怪力男デクノボー』というまったく同じ題名で載っている」

「見せてくれ」マディガン警部補が甲高い声で叫び、新聞をひったくろうとした。ジョニーは渡してやった。

「こいつは驚いた」マディガンが言った。

「だろうな。なあ、ケン、あんたはこの高校新聞を見たことはあるかい？」

「こんなの嘘だ」ケン・バリンジャーが叫んだ。「汚い、汚らわしい嘘だ！」

「かもしれないが、まだわからないな。イーノック・ホルツマンについて聞いたことは？」

「ない」ケンが言った。

ジョニーはいきなり向きを変えて、ハリー・ヘイルを見た。「あんたは？」

ヘイルは、はっと息をのんだ。「な、ない」

だが、顔を見れば嘘だとわかった。

「イーノック・ホルツマンを知らないのか？　ふーむ、まあいい。じゃあ……ケ、ケン・バ、バ、リンジャ、ャ、ャーはいつか、か、ら酔っ、払っ、て、い、い、るんだい？」

「な、なんだって……？」

「フレッチャー」ケン・バリンジャーが言った。彼は右手をポケットから出し、そこには三二口径のオートマチックが握られていた。ジョニーが素面のケンを見るのは、ほとんど初めてのことだった。というよりも、酔っ払いのふりをしていないときのケンを見るのが、ほとんど初めてだったのだ。

マディガン警部補が悔しそうに叫んだ。「その銃を下ろすんだ、バリンジャー」

「やなこった」ケンが言った。「さあ、あんたもピストルを持ってるだろう。引き抜くことができるかな……おれがあんたの頭に弾をぶち込む前に」

「イーノック・ホルツマン」ジョニーが言った。「アーティストになったときに名前を変えたのは仕方ない。デクノボーのアイデアは、名前からとったんだろう」

「そうさ」ケンはせせら笑った。「デクノボーは木偶の坊。ホルツマンも〝木の男〟って意味だからな。くそっ、フレッチャー、なんでおまえが〈四十五丁目ホテル〉に来たんだよ？」

「なんでおまえは、おれのトランクにエグバート・クラドックを詰め込んだんだ？」

「そうするしかなかったからだ。ジルのトランクに入れとくわけにはいかないし」

「ああ、そうだろうな。おまえはあいつを彼女の部屋で殺して、その後に怖くなって逃げ出した。よく考えた末に戻ってきて、死体をおれの部屋に運んだ。そんなことすべきじゃなかったのに」

「おまえを殺して、おまえをトランクに詰め込むべきだったな」ケンは苦々しげに言った。「これでおれは勝負に負けて、ここを出ていかなければならなくなった」

「逃げさせないぞ、バリンジャー」マディガンが警告した。「おまえがこの部屋を出た瞬間に――」

「おまわりさんよ、あんたも一緒に来るんだよ。フレッチャー、そいつの銃を取り上げろ。いや……おまえは信用できない。ハリー、あんたがやってくれ。とにかく慎重に頼むぞ」

ハリー・ヘイルは恐怖のあまり、唇をしきりになめていた。ケンが耳障りな声で笑った。「あんたはおれの本名を知ってたよな、ハリー。それもあんたが友達だからだ。慎重に頼むよ、ハリー……」

アート・ディレクターのヘイルは、用心深くマディガンに近づくと、腰のあたりを軽く叩いて、ホルスターに収められた銃が右側の尻ポケットに入っているのを突き止めた。ヘイルは警官の上着の後ろ裾を持ち上げて、おそるおそる銃を取り出した。

その瞬間、サム・クラッグが一歩前に出た。ケンは即座に銃口をサムに向けた。「もう一度動けよ、デクノボー。どうせ当然の報いなんだ。おまえと、その生意気な相棒は自業自得だぜ」

「あきらめろ、ケン」ジョニー・フレッチャーが言った。「最初から勝ち目はなかったんだ」

「とんでもない。ボイスの――遺した金は、全部残らずおれのものになるはずだったんだ！　デクノボーはおれのアイデアだ。あいつは百万ドルを儲けたのに、おれはなにをもらった？」

「給料だろう」

「初任給は週給四十ドルだぞ」ケンが叫んだ。「マーフィー、あんたが値切ったんだ……」

「デクノボーは自分の昔のアイデアだと、言ってくれればよかったのに……」

「そしたらあんたは、権利放棄証書に署名させてたはずだ。いや、もしかしたら、追加で五ドルはくれてたかもな。おれがデクノボーを作って、あんたはその美味しいところだけをすくいとった。そこへマットが割り込んできて、美味しいところをまるごと持ってった。でも、おれは今後それを手に入れるはずだったんだ。著作権はまだ何年間も有効だ。おれが高飛びして、しばらく待ったあとで、イーノック・ホルツマンがアイオワに突如現れて、訴訟を起こす。裁判に姿を見せる必要はない。弁護士に対処してもらえばいいんだから。それに、バリンジャーとしての著作権はなかったから、おれ自身がこの裁判にかかわることはなかっただろう。あるいは、裁判が始まった時点で姿を消すことだってできた。一緒に高校に通ったやつら全員が証人になってくれたはずだ。訴訟に勝つのは確実だった。それなのに……それなのに、フレッチャー、おまえがなにもかもぶち壊したんだ。いいさ、おれの負けだよ。おれは自分の金は一ドルも持たずに逃げ出すことになる。だがな、おまえを高笑いさせるつもりはないぞ、フレッチャー。笑わせるものか……」

「撃つな、ジェファースン」ジョニー・フレッチャーがいきなり叫んだ。

ケンは振り返ろうとするかのようにびくっと動いたが、思いとどまった。

「そんな古い手にだまされるもんか……」ケンが再び話し始めた。

そのとき、ジェファースン・トッドのおびえた声が戸口から聞こえてきた。「警部補……」

ケンはくるりと振り向き、手に持った銃を発砲した。ジェファースン・トッドは恐怖で絶叫したが、痛みはなかった……そしてその直後、サム・クラッグがケン・バリンジャーに平手打ちを食らわせた。

サムは平手に全体重を乗せて、この一撃をぶち込んだ。

ケンの手から銃が飛び、ケン自身は空中で完全に一回転して、八フィート離れた場所に背中から落ちた。

彼は一、二度足をばたつかせたあと、倒れたまま動かなくなった。マディガン警部補が急いで駆け寄り、かがみ込んで心臓の上に手を当ててみたあとで、ポケットから手錠を取り出し、ケンの両手にかけた。そして立ち上がると、深々とため息をついた。

「大丈夫だろう……一時間ほど経てば」

「てっきり酔っ払ってると思ってたのに！」ハリー・ヘイルが叫んだ。

「かなりの演技力だったな」ジョニー・フレッチャーが言った。「サム・クラッグに自分を平手打ちするようけしかけるところなんかは絶品だったが、ちくしょう、おれは朝飯前に酔っ払うやつは疑うことにしてるんでね……それで今朝、あいつの息のにおいを嗅いでみたのさ」

マディガン警部補がにらみつけた。「いいだろう、フレッチャー。また一つおまえに借りができた。だがな、息がウイスキー臭くなかったというだけの理由ですべてがわかったとは言わせないぞ」

「まあ、そりゃそうだよ、マディ。実を言うと、犯人はずっと前からわかってたんだ。ただ単に、アイオワに行くまで証拠がなかっただけさ。バリンジャー以外の犯人はあり得なかった。〈四十五丁目ホテル〉に住んでいてデクノボーとなんらかの関係があるのは、やつしかいなかったんだから」

「ああ、でも、エグバートはセイヤーの部屋で殺されたとおまえは言ったよな」

「その通り。あいつは自分の部屋で殺したくなくて、ジルの部屋へ連れていったのさ――彼女が午後ずっと留守だと知ってたから」

「自分の彼女をだますとは、なんて汚いやつだ！」

「だからおれも、あいつは決して好きになれなかったんだ」

三十分後、ジョニー・フレッチャーとサム・クラッグはボイス出版社をあとにした。二人は黙ったままエレベーターで一階に下り、四十二丁目を横切ってグランド・セントラル駅へ行き、そこからシャトル列車でタイムズ・スクエアへ向かうつもりだった。駅の大きなビルに入ったとき、サム・クラッグがいきなりジョニーの腕をつかんだ。

「なあ、ジョニー、いま思いついたことがあるんだ。ケン・バリンジャーは、鍵もないのにどうやってジル・セイヤーの部屋に入り込んだんだ？」

ジョニーは立ち止まり、サムの顔を注意深く見つめてから、くるりと向きを変えて、通りに戻った。サムはあわてて彼を追いかけた。

「どこへ行くんだい、ジョニー？」

「あっちにある大きな画材屋だよ」

「なんで？」

「おまえの質問に対する答えについて、ちょっと考えてみたからさ――ケンがどうやってジルの部屋に入ったか」

「で、どうやったんだ?」

「あいつはアーティストで……ジルもそうだ。アーティストってのは、自由奔放なボヘミアンだ。鍵に関して寛容だから——気前よく貸し借りしてるんだろうよ。ちょっくらおれも、筆と紙を買いに行ってくる。アートとやらをかじってみるつもりなのさ」

訳者あとがき

アメリカの作家フランク・グルーバー（一九〇四～六九）による〈ジョニー・フレッチャー&サム・クラッグ〉シリーズの第七作『怪力男デクノボーの秘密』をお届けします。

切れ者のジョニーと筋肉隆々のサムの二人組は本のセールスを生業としていて、『だれでもサムスンになれる』という題名の怪しげな本（いまで言うところの〝筋トレ本〟ですね）を全米各地で売り歩いています。街頭や集会場でサムの怪力パフォーマンスを披露しながら、ジョニーが巧みな口上で本を売り込むのが常で、そのセールスの腕前は一級品。ところが、行く先々でなぜか事件に巻き込まれてしまい、そのたびにジョニーはむしろ喜んで〝探偵ごっこ〟に乗り出し、サムは不承不承それに協力する羽目に……というのが、このシリーズのお約束です。

The Mighty Blockhead（1942, Farrar & Rinehart）

今回のテーマは漫画、つまりいわゆるアメリカン・コミックス（通称アメコミ）で、サムを彷彿とさせる大力無双の超人が主人公の人気コミック『怪力男デクノボー』が登場します。この漫画の出版社の社員が、ジョニーとサムの定宿である〈四十五丁目ホテル〉で殺されているのが見つかり、ジョニーたちもその捜査に巻き込まれてしまいます。二人が持ち前の知力と腕力を駆使して事件の真相を探るうちに、出版界の片隅に潜む闇が暴かれていくのです。いつものように口八丁手八丁なジョニーと、まさに文字通りの〝怪力男〟ぶりを遺憾なく発揮するサム。二人のハチャメチャな大活躍を、どうぞご堪能ください。

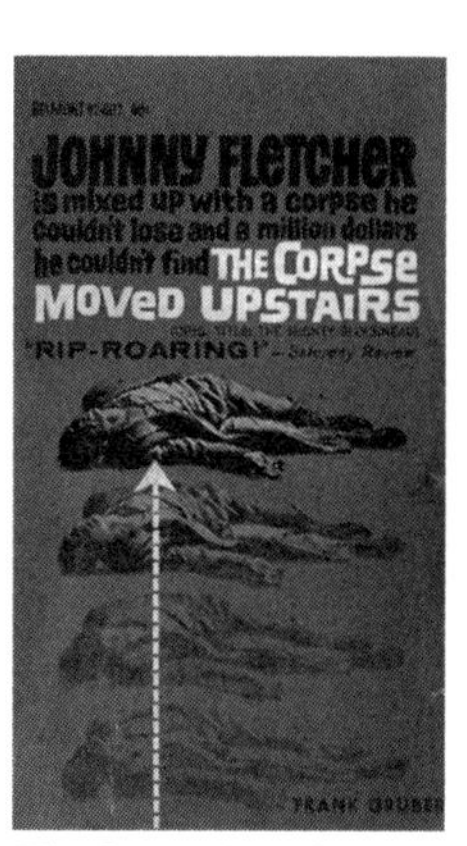

The Corpse Moved Upstairs（*1964,Belmont Books*）

なお、『怪力男デクノボー』のようなキャラクター物のアメコミは、基本的に一つの作品のみが収録された薄い冊子の形で発売されています。この冊子を日本では「リーフ」と呼ぶことが多いようですが、本書では便宜上「雑誌」という呼び方を使っております。何卒ご了承ください。

本作品は一九四二年に *The Mighty Blockhead* として出版されましたが、一九六四年に刊行されたベルモント社版は *The Corpse Moved Upstairs* という題名に変更され、内容にも少し手が加えられていて、本書はこの改訂版を底本として訳しております。作中に出てくる年号が刊行年に合わせて書き換えられていたり、「ラジオ」が「テレビ」に置き換えられていたりと、時勢に沿った改訂が施された内容となっています。この点もどうぞご了承ください。

〈ジョニー&サム〉シリーズの未訳作品は、今後も続々と翻訳される予定です。凸凹コンビの活躍を、引き続きお楽しみに！

最後に、この愉快痛快な物語を訳す機会を与えてくださった故・仁賀克雄先生に、心からの感謝を捧げます。

〔著者〕

フランク・グルーバー

別名チャールズ・K・ボストン、ジョン・K・ヴェダー、スティーヴン・エイカー。1904年、アメリカ、ミネソタ州生まれ。16歳で陸軍へ入隊するが一年で除隊し、編集者に転身するも不況のため失職。パルプ雑誌へ小説を寄稿するうちに売れっ子作家となり、初の長編作品“Peace Marshal”(39)は大ベストセラーになった。42年からハリウッドに居を移し、映画の脚本も執筆している。1969年死去。

〔訳者〕

熊井ひろ美(くまい・ひろみ)

東京外国語大学英米語学科卒。英米文学翻訳家。主な訳書にニック・トーシュ『ダンテの遺稿』(早川書房)、キャメロン・マケイブ『編集室の床に落ちた顔』(国書刊行会)、シーバリー・クイン『グランダンの怪奇事件簿』、ルーパート・ペニー『警官の証言』、『警官の騎士道』、『密室殺人』(いずれも論創社)など。

怪力男（かいりきおとこ）デクノボーの秘密（ひみつ）

——論創海外ミステリ　256

2020年8月20日　初版第1刷印刷
2020年8月30日　初版第1刷発行

著　者　フランク・グルーバー

訳　者　熊井ひろ美

装　丁　奥定泰之

発行人　森下紀夫

発行所　論　創　社

〒101-0051　東京都千代田区神田神保町2-23　北井ビル
TEL:03-3264-5254　FAX:03-3264-5232　振替口座 00160-1-155266
WEB:http://www.ronso.co.jp

組版　フレックスアート

印刷・製本　中央精版印刷

ISBN978-4-8460-1973-0
落丁・乱丁本はお取り替えいたします